ハヤカワ文庫SF
〈SF2447〉

宇宙英雄ローダン・シリーズ〈714〉

アルドゥスタアルへの旅

マリアンネ・シドウ＆ロベルト・フェルトホフ
宮下潤子訳

早川書房

9065

PERRY RHODAN
DIE REISE NACH ARDUSTAAR
WÄCHTER DER BASIS
by

Marianne Sydow
Robert Feldhoff

Translated by
Junko Miyashita
First published 2024 in Japan by
HAYAKAWA PUBLISHING, INC.
This book is published in Japan by
arrangement with
HEINRICH BAUER VERLAG KG, HAMBURG, GERMANY
through JAPAN UNI AGENCY, INC., TOKYO.

目次

アルドゥスタアルへの旅

アルドゥスタアルへの旅

マリアンネ・シドウ

登場人物

ペリー・ローダン……………………………銀河系船団最高指揮官

ルーベン・スタル…………………………《ヘラクレス》船長

ナッサリ・ティシュラフ…………………同副官。副操縦士

ペシュ・ダナア……………………………同首席エンジニア

ダオ・リン＝ヘイ…………………………もと全知者。カルタン人

ゲ・リアング＝プオ………………………《ハーモニー》乗員。カルタン人

ヴイン………………………………………《ナルガ・サント》の新指導者

モンカ………………………………………同もと調整官。カルタン人

スラマ………………………………………同新イル。カルタン人

フェング・ル………………………………カラポン帝国宇宙艦隊最高司令官

1

イルよ、イルよ、イルよ……

かれはもう、この名を聞いていられなかった。

イルの時代は終わったと、かれらにはっきりと宣言したではないか？　それを理解するには、かれらはおろかすぎたのだろうか？

あるいは、べつのなにかが裏にひそんでいるのか……暴動が。そんなことを、モンカがほのめかしていた。

ヴィンはディナの花を、そしてこの花の前にすわって命令を待つ、イル十八世を見つめていた。この、かつての万物の母を殺すことを、ヴィンは断念していた。ほんとうは殺すつもりだった……そのために、かれはみずからを、モンカ、クルデ、ニム、そしてちいさなボマツといっしょに捕らえさせたのだ。それが万物の母に近よる、もっともかんたんな方法だったから。

かれの計画どおりにことは運んだ。かれらはこの部屋に連れてこられた。ここにイル十八世は待機していた。判決をくだし、死刑を執行させるために。この機会をかれは待っていたのだ。かれは自分の能力に自信があった……万物の母に充分に近づくことができさえすれば、彼女の精神を呪縛できる。かれはそう信じ、それはまちがっていなかった。

ところが、よりによってその瞬間、《ナルガ・サント》に異人があらわれたのだ。イルはずいぶん前から精神に混乱をきたしていたが、異人たちの出現で、さらに精神のバランスを崩した。救い主である異人たちに姿を見せたときには、イルは以前からおちいっていた精神状態よりも、さらに狂気を増していた。

だから、ヴィンが彼女をかたづけるのは容易なことだったのだ。

かれはイルを強制的に退位させてから、殺すつもりだった。そうしなかったことを、いまは悔やんでいる……異人たちが介入してきたばっかりに。

かれはこの種の生命体をうつし絵で見たことがあった。かれらがうつし絵に描かれることはめったになく、その姿は様式化されていた。それでも賢いヴィンにはすぐに、目の前にいるのはテラナーという種族のギャラクティカーだとわかった。《ナルガ・サント》ははるか昔、ある種族を支援するために、故郷であるアルドゥスタアル銀河をスタートした。目の前の異人たちは、その種族の代表だったのだ。ただ、ヴィンはこの知識をおもてに出そうとしなかった。賢くないふりをするほうが、いいこともある……とくに、まったく見知らぬ者に向きあうときには。

カルタン人が《ナルガ・サント》をこの旅に送りだしたのは、ギャラクティカーを救うためだった。逆にギャラクティカーも、ひどく困窮するカルタン人を助ける用意がある。そう考えてもおかしくないのではないか？

ヴィンはそう思い、それは思いちがいではないことが、すぐに明らかになった。もし違っていたら、逆にとても驚いただろう。かれはこれまで、自分の世界の歴史に関する情報を、できるだけ幅ひろく得ようとつとめてきた。歴史にかけては、ヴィンはおそらく《ナルガ・サント》の船内でもっともくわしいカルタン人だった。もし、ギャラクティカーがかれの予想と違う行動をとったとしたら、かれの自信は大きく揺らいでいただろう。

現に……かれらは助けてくれた。

それなのに、ヴィンの自信はひどく傷ついていた。

かれはミュータントだった。そのことにヴィンはまだ幼いころから気づいており、その天賦《てんぷ》の才をつねに、なんのためらいもなく使ってきた。それでも自分は、まともでありつづけているという自負を、かれは感じていた。

ヴィンが万物の母と、彼女に象徴される制度に反対する行動をはじめたのは、個人的な利益を手にするためや、まして、たんに権力欲を満たすためではない。かれの目的は、あらたなよりよい秩序を構築することだった。

そのためになにかを計画するには、絶好の時期だった。それは疑いようがない。

ギャラクティカーはなんの要求もせずに、この難破船で苦しむ住民を助けてくれた。かれらは備蓄食糧のほか、酸素、医薬品、エネルギー生成装置など、たくさんのものを提供した。そのうえ、またくると約束してくれた。

これらすべてのことを、ギャラクティカーはみずから進んでしてくれたのだ。ヴィンがかれらに影響をあたえる必要はなかった……もし、あたえようとしても、できなかっただろう。

かれらには、ヴィンの特殊能力に対する免疫があったからだ。

そのような免疫が存在するかどうかを、ヴィンはこれまで一度も、理論上ですら考えたことがなかった。そんな問題への懸念が、かれにはなかったからだ。明らかに存在しない問題に、頭を悩ませる必要がなぜあろう？　かれは自分の世界のなかで一度も、かれの精神的な影響に耐えられる者に出会ったことがなかったのだ。

ギャラクティカーが去るとき、かれは免疫がある理由をたずねてみた。その答えを聞き、かれはわけがわからず驚いた。ギャラクティカーのふたりは自身がミュータントであり、ほかのふたりは、適切な医療処置のおかげで免疫を獲得したというのだ。

救援物資と、近い将来に救助されるという見通しに眩惑され、さらにギャラクティカーの無私の行動、思いやり、そして進んで助けようとする気持ちに感動し、ヴィンはつまらぬ復讐のように見える、すべてのことを断念したのだった。

イルを生かしておいただけではない。これまで〝故郷〟と呼ばれる区画に暮らしてきた、特権的な住民のあいだには、入り組んだ依存関係が形成されていた。その全貌を徹底的に調査することも放棄したのだ。

「それはまちがいだ」ギャラクティカーが出発した翌日、モンカはかれに忠告した。「きみが自分の手を汚したくない気持ちは理解できる。だが、現実を見失うな。きみがみずから対応する必要はない。わたしが引き受ける」

このモンカはかつて、調整官だった。ヴィンはこの〝職業身分〟のやり口に加担したくはなかった。

「すこしだけでも調査させてくれ」モンカはその後も、かれに何度も迫った。「汚い手は使わないと約束する。調査の手順はひとつひとつ、きみと相談して決める。せめて、中心となる者たちにいくつか質問をさせてくれ」

「だめだ！」

ヴィンの姿勢は変わらなかった。

だが、モンカはがまんできなかった。かれはヴィンの気持ちに配慮し、あやしいと思われる者をおおっぴらに責めたてることは断念したものの、あちらこちらに訊きまわった。

「わたしには耳をふさぐことはできないんだ」ヴィンにとがめられると、モンカは不遜にいい返した。「それに、そのかいはあったぞ。いいか、わたしが耳にしたのは……」

もしかすると、盗聴や偵察はモンカにとって、条件反射のような行為なのかもしれない……だが、ヴィンは違う。かれは耳をふさぎ、モンカの言葉を聞くことを拒絶した。

もちろん、そのままではまずいと、かれは認識すべきだった。

ヴィンは、難破船の住民が何世代にもわたってなじんできた従来の体制を、一夜のうちに覆《くつがえ》し、あらたなよりよい体制に置き換えた。

このあらたな体制がよりすぐれていることは事実であり、それを疑う者はいない。

だがカルタン人自身を、体制のように、容易かつ急速に変えることはできなかった。

《ナルガ・サント》には残酷な階級社会が存在していた。少数の上位層は贅沢な暮らしをし、やや大きな市民層がまあまあがまんできる生活を送り、大多数はなんとか露命をつないでいる状態だった。ヴィンがこの階級の撤廃を宣言し、不可視者と被追放者、自由民を〝死のゾーン〟や〝冬景色〟から、〝市民世界〟や〝故郷〟に呼びもどしたとき、かれらはみな熱狂してかれの呼びかけにしたがった。ところが、そのすべての者が平和的な意図をもって、かれらの世界のより暖かく安全なエリアにやってきたわけではなかったのだ。

あらたな時代が血なまぐさい幕開けとなることは、望ましくなかった。

ヴィンは同胞に向かって語りかけ、みずからの平和的共存への意志を、かれらに押しつけようとした。それが無意味であることに、かれは気づくべきだった。かれの力には限界があったから。何千ものカルタン人に対して同時に、しかも長期にわたって影響をあたえることは不可能だ。

死のゾーンや冬景色で過酷な過去をすごしてきた者の多くは、裏切りや陰謀によって、そこに追いやられていた。そんなかれらが復讐をもくろむことを、だれが責められようか。

かれらをおちつかせることはむずかしく、暴力沙汰は避けられなかった。ヴィンはやむなく、かれの数少ない協力者や腹心の部下を武装させ、パトロールに出すことにした。新時代が生んだもの、それは死者と負傷者、もちろん数々のトラブルや争い……そして苦情、告発、あらたな報復だった。

やがて、自由民のあたらしい集団がいくつも誕生した。かれらは新時代について独自の考えを持ち、かれらのなかから有能な指導者があらわれた。調整官がうろつきまわることがなくなり、いつどこでも絶えず死の危険に脅かされることがなくなったいま、この指導者たちはあらゆる場所であらたな支持者を募った。かれらは派手な演説と、ヴィンとあらたな体制に対する鋭い批判で、市民層やかつての特権階級までをも魅了した。その一方で、市民層や上位層も自分たちの世界の将来について独自の考えを持つようになり、独自にグループを形成する動きが出た。

　かれらみんなに共通するものは、ただひとつ。ヴィンがしていること、しようとすることは、まちがっているという認識だった。

　ヴィンの計画はどうなってしまうのか？　かれには友がいたはずだ……それとも、かれがそう思いこんでいただけだったのか？

　かれの友はどこにいってしまったんだろう？

　当初は熱狂的にかれを支持していた、かれのおかげで命があるモンカ、クルデ、ニムでさえ、かれを批判することが多くなった。ヴィンはときおり、かれらに疑問を感じるようになった。かれらはとっくに無数の敵の側に立っており、かれの前でのみ、味方であるかのようにふるまっているのではないか。もしかすると、かれを追い出し、みずからが権力と影響力を掌握《しょうあく》する好機を待っているのではないか、と。

権力？　ヴィンは苦笑した。かれに権力などなかったから。

＊

贖罪《しょくざい》の斜路の前は、カルタン人たちで黒山の人だかりだった。動揺した群衆がここに集まり、雰囲気は悪く、敵意に満ちていた。

かれらは昔、イルの腕が伸びてくることを絶えず恐れていた当時は、贖罪の斜路を巧みに避けて通っていた。イルはいつでも罪びと……かれら〝全員〟がそうだった……を捕らえ、虚無空間にほうりだす用意があったから。

あの恐怖を、かれらは忘れてしまったのだろうか？

いや、そうではなく、かれらはいまでもイルを信じているのだ。さもなければ、あれほど大声で粘り強く、イルを呼んだりするだろうか？

かれらがイルにどうしても会いたいというなら……会わせてやる！

かれは万物の母を見つめ、容姿をチェックした。かれの命令にしたがって、彼女は儀式用の衣装を身にまとい、銀の鉤爪まで装着していた。思いつきでヴィンは彼女に、ディナの花をつけさせた。イルは美しく見えそうなくらいだ……適度な距離をはなれて見れば。

イルが斜路に歩みでると、ざわめきが大きくなった。そこに立っている者たちの多くは、これまでの人生で彼女の姿を見たことがなかった。おそらく、かれらは自分たちの

〝女神〟を、もっと威厳のある存在だと思っていただろう……もっと偉大で、力強く、印象深い女性だと。

しかし、イルは女神などではない。彼女はただのカルタン人女性で、ほかのすべての者たちと同様に傷つきやすい存在だった。

「わたしがイルです」ヴィンは彼女にいわせた。

ざわめきが一瞬、しずまり返った。すると、だれかが大声であの魔法の名前を呼んだ。

「イルよ、イルよ、イルよ……」

ほかの者たちもつぎつぎに呼びはじめ、やがてその場の全員が大声で叫びだした。群衆は明らかにヒステリー状態だった。それに気づくと、ヴィンは胃のなかに氷の塊りが入っているような感じがした。

モンカはどこだ？

ヴィンはイルから一瞬、目をはなした。それによって、かれはリスクを冒したわけではない……イルはすでに長いあいだ、かれの影響下にあったため、それほど早くその影響から抜けだすことはないから。

かれはモンカを、贖罪の斜路の端にあるドアのそばで見つけた。そこに立像のようにならびたつ、廃棄処分になったロボットのひとつの横に、かれはかくれていた。かつての調整官は平然と立っている。まるで関係ないような顔をして。ヴィンにはそう見えた。

　かれはいま、なにを考えている？　なにをたくらんでいる？

暗黒期の前に、かれはヴィンのところにやってきたのだった。物音を立てず、柔軟な身のこなしで。まるで泥棒のよう……いや、殺し屋のように。そう、モンカはもともと殺し屋だったのだ。かれは裏口から入ってきた。ヴィンがかれに気づいたときには、すでにかれが目の前に立っていた。ヴィンは思わずぎょっとした。

「不注意になったもんだ！」モンカのよけいな言葉に、ヴィンの気分は回復するどころではなかった。「以前のきみだったら、そんなことはなかったのに！　いい生活はきみにはよくないな」

　あるいはそうかもしれないが、その言葉はおそらく、ヴィンの耳にはこう聞こえていた。〝憂慮がきみの用心深さを低下させている〟……だが、かれはそれについて考える気はなく、ましてや、モンカと争う気にはなれなかった。

「なんの用だ？」かれはいらいらしてたずねた。

「人々はますます動揺し、不安になっている」モンカはいった。「イルは死んだという噂がひろがっているんだ。対応策が必要だ……それも、早ければ早いほどいい。イルをみんなの前に引きだせ。彼女の姿を見せて、話をさせる。そうすれば、かれらも口を閉じるだろう」

　それでイルはいま、人々の前に立っており、みな、声をかぎりに叫んでいるのだ。

このカルタン人の女に、かれらはなにをもとめているのだろう？　奇蹟か？　ここで救いとなりうる奇蹟はただひとつ……ギャラクティカーの帰還だ。それをヴィンはよくわかっていた。かれらがもどってくれたら、望みはある。かれらは大きな船であらわれ、カルタン人をこの残骸から救い出してくれるはずだ……そのうえ、もしかしたらほんとうの故郷、アルドゥスタアルに帰還できるかも。この悲惨な退廃した世界を去ることができたら、かれらはその人生を毒する憎しみも忘れられるかもしれない。憎しみだけではない……不安すらも。

ヴィンはぎくりとした。モンカが突然、身を乗り出したのが見えたからだ。ヴィンはあわててイルと、ヒステリー状態の群衆にふたたび注意を向けた。そのとき、叫び声が突如として、違う響きに変わったのだ。叫び声のなかに怒りの響きが混じっている。常軌を逸した怒りだ……イルに対するものか？　ついにかれらは、この女がかれらを助けられないことに気づいたのか？

その瞬間、最初の金属塊が空中を飛んできた。

ヴィンは驚きのあまり、かくれていたドアのわきから斜路に飛びだした。しまった、と自分で気づいたが、遅かった。だが、群衆がかれを見ようが見まいが、同じことだった……いずれにせよ、ヴィンはこれほど多くのカルタン人に影響をあたえることはできなかったから。それでもかれは、無意識にそれを試みた。

自分の行為に意味がないと、かれが悟ったときにはもう手遅れだった。群衆はたけり狂っていた。雨あられと飛んでくる投擲弾《とうてきだん》に、イルはくずおれたのだった。

ヴィンは背後からつかまれるのを感じ、驚いて叫び声をあげた。

「しずかにしろ！」聞きおぼえのある声が命じた。「こい！」

ヴィンはショックを受けていた。この予想外の展開を目《ま》のあたりにし、自分の無力さも突然、思い知らされた。そのうえ、モンカに首根っこをつかまれ……なかば茫然自失の状態で、うしろへよろめいた。モンカがかれを安全な門扉のなかに引きずりこんだので、ヴィンはイルから目をはなさずにすんだ。

イルは依然としてヴィンの影響下にあった。ヴィンはこの影響力が、イル自身の感情と思考を完全に排除するのに充分な強さであるよう、一生、願いつづけるだろう。

かれは自分の目も耳も、もはや機能していないように感じた。ただ無意識にモンカのあとを追い、せまい通廊を進んだ。そこにかれは何度も足を踏み入れたことがあったのに、いまはその通廊だとわからなかった。群衆のヒステリックな叫び声が、遠くちいさくなっていく。

かれはいま暮らしているイルの至聖所にもどると、徐々に正気をとりもどした。モンカがかれに一杯の水をわたすと、ヴィンは反射的に飲んだ。

イルは死んでしまった。ヴィンにはそれがわかった。贖罪の斜路にもどってたしかめる必要はない……それをヴィンは感じたから。かれは心に奇妙な虚《むな》しさをおぼえ、それはどんどんひろがっていくように思われた。

　贖罪の斜路で命を落としたのは、イルだけではなかった。ヴィンのなかのなにかも、死んでしまったのだ。

「わたしには理解できない」ヴィンはささやいた。「なぜ、かれらはイルを殺したんだろう？　彼女はかれらにとって女神も同然だったのに！」

「彼女は女神だったんだ！」モンカは冷静に応じた。「だからこそ、彼女は死ななければならなかった。無力な女神だったから。ふつうの死すべき運命の者なら許されたかもしれないが、神は許されない」

「わかってたのか！」ヴィンはうなり、啞然としてモンカをにらみつけた。「こうなることを、きみはわかっていた。イルが死ねばいいと思ってたんだ！」

「きみは違うのか！」モンカはあざわらっていった。

「違う！」ヴィンはいきりたった。「なにをいうか！」

「彼女は消えないといけなかったんだ！」モンカはいいはなつ。「きみだってわかってるだろう！　外のまぬけどもは、いつだってイルを免罪符にしてきた。それをやめようとしない。イルが生きているかぎり、かれらはあらたな秩序を受け入れる必要はなかったから。イルは過去の化身だったんだ。過去に囚《とら》われていたら、きみはあらたな未来を築くことはできないぞ」

ヴィンは多くの点でモンカが正しいとは思った。その半面、これまで完全な混沌状態におちいるのを阻止してきた要因も、イルといっしょに消えてしまったのではないかと危惧するのだった。

外側にひろがる死のゾーン。そこの一団のリーダーとして、ヴィンはイルを憎んでいた。心のなかで一度も彼女を呪わない日はなかった。彼女にあらゆる不幸が起きることを心の底から願い、いつか彼女を捕らえることができたらどうしてやろうかと、毒々しい想像を幾度となくめぐらせていた。

のちにイルがかれの呪縛にかかると、かれは彼女をただ侮蔑するばかりだった。

イルに人を引きつけるような魅力はなかった。ヴィンがこの至聖所にはじめて足を踏み入れたとき、アンリナがディナの花のあいだにすわって死んでいた……イルの最後の犠牲者だった。アンリナも、イルよりも魅力があったわけではないが……

そんなことを思い出して、なんになる？

なんの意味もない！

「出ていってくれ！」かれはモンカにいった。「ひとりになりたいんだ」

モンカはかれを見つめている。ヴィンは心のなかで思った。モンカが自分に向かっていま、なにか必要なことを進言しようとしたら、かれをおっぽり出してやる！

同時にかれは、そんなことができる立場にないこともわかっていた。かれはこのかつての調整官を憎み、蔑《さげす》んでいたが、かれにはこの男が必要だった。のこった理性を失わないようにしなければ。たとえ、この種の理性を自分は軽蔑していても。

モンカはなにもいわなかった。背を向けると立ち去った。かれらしく物音を立てず、柔軟な身のこなしで。

ヴィンはほっとしてうしろにもたれかかり、目を閉じた。だが、すぐにかれの心の目に、恐ろしい光景が浮かんできた。かれは知っていた。このいやな光景に、かれは死ぬまで悩まされるだろう、と。贖罪の斜路にたたずむイル、雨あられと飛んでくる投擲弾……

かれの世界は今後、どうなっていくのだろう？　イルの死は市民層や上位層、自由民、そのほかのすべての者にどのような影響をおよぼすのか？　そして、いつか平和は訪れるのだろうか？

ギャラクティカーはどこにいるんだ？　約束を忘れてしまったのか？

しかし、ティフ＝ラーは最初からいっていた。かれはすぐにはもどれない、すこし時間がかかるだろう、と。そしてヴィン自身も、かれにこう答えたのだ。住民はまだしばらくは耐えることができる、と……あらたな物資の補給を受け、最悪の物資不足から解放されたし、ずいぶん前から異常をきたしていた独裁者イルからも解放されたから。この解放はもちろん、ギャラクティカーのおかげではない……ひとえにヴィンの功績だったが。

だから、ギャラクティカーのせいにはできなかった。かれにできるのは、のこされた希望を失わないようにすること。それしかない。

かれらはきてくれるはずだ。そう熱く思うのだった。イルにかけて……かれらはわれわれを見捨てたりするまい。

イルにかけて？

ヴィンは自分の考えに愕然とした。かれは臆病な目で、ディナの花の前の、イルが大半の時間をすごしていた場所をちらりと見た。

かれはこの至聖所を引きはらうつもりだ。だれがここに入居しようと、もうかまわない。かれは自分の問題で手いっぱいだった……死者の霊の相手をしている場合ではない。かれは部屋を出ると、立ったまま耳を澄ました。騒ぎが聞こえてきたが、かれはその音よりも強く、不穏な空気を感じとっていた。

「われわれをほんとうに助ける気があるなら、〝いますぐ〟助けてくれ！」はるか遠くにいるギャラクティカーに向かって、かれはいった。その声は、イルの至聖所の無線機器を使ったとしても、かれらにはとどかないとわかっていた。それでも、かれらがほんとうに存在していると思うだけでも、かれはほんのすこしのなぐさめを感じるのだった。

2

知らなければよかった。そうすれば、もっと楽だったのに。知ってしまってから、彼女は心おだやかではいられなくなった。

暗黒の世界が存在し、そこにカルタン人が暮らしているのだ。かれらの多くは病んでいる。みな、きびしい困窮にあえいでいて、緊急の支援が必要だった。

それなのに、自分はここでぼんやりすわっており、なにもできない。

フェニックス……これが、彼女がいる惑星の名前だ。テラナーにとって象徴的な意味をふくむ名前だった。

ダオ・リン＝ヘイは当初、この惑星が銀河系船団の集合ポイントと同じ名前であることを不思議に思った。のちに彼女は《シマロン》の船内図書館で〝フェニックス〟という語について調べ、この重複する名前の意味を理解した。カルタン人にも、不死に関する神話が存在したから。

だが、ダオ・リン＝ヘイにとってフェニックスは、希望の象徴ではなかった……その逆だ。

彼女はこの惑星が好きではなかったし、ギャラクティカーが飛行の合間に滞在し、休息する、ちいさな都市も好きになれなかった。そこは暑すぎて、ときおり海から流れてくる弱いそよ風では、涼しくならなかった。

この惑星に対して自分が不当な評価をしていることを、彼女は自覚していた。フェニックス自体は、カルタン人にとっても充分に耐えられる惑星だった。だが、ダオ・リン＝ヘイはいま、それを認める気分になれないだけだ。

彼女はこの惑星のただひとつの都市、マンダレーの熱帯の蒸し暑さから逃れ、ボニン大陸の中央高地にある空調のきいた宇宙港ですごしている。一方、あのカルタン人たちは暗黒の世界で、恒久的な不足に苦しんでいる。そこにたりないものは暖かさだ……ここにはありあまるほどあるというのに。この思いは、彼女がどこに向かっても追いかけてくる。

《ナルガ・サント》がギャラクティカーに発見された。しかも、カルタン人がサヤアロンと呼ぶ銀河〝はるかなる星雲〟、すなわち、だれもなかに入ることができない天の川銀河の……宇宙の基準からすれば……すぐ近くで。彼女には、ほとんど信じられないことだった。

《ナルガ・サント》になにが起きたのだろう？　あの巨大な船がどうやって、いまいる場所にたどりついたのか？　どうしてこんな、あわれな残骸になってしまったんだろう？　のこりの船体はどこに消えたのか？

　ダオ・リン＝ヘイは《ナルガ・サント》で、しばらくのあいだ暮らしていた。この船にまつわる思い出は、楽しいものばかりではない。それでも、この残骸とそこに暮らす住民たちの悲惨な運命を知ると、彼女の心は痛んだ。ジュリアン・ティフラーたちの説明も、彼女には不充分に思われた。《ナルガ・サント》に関する報告を思い出すたび、彼女の毛は逆立った。

　よりによって《ナルガ・サント》をあのような旅に送りだすとは……なにが高位女性を、そんな決定に踏みきらせたのだろうか？

　ダオ・リン＝ヘイにはとうてい考えられないことだった。ギャラクティカー全般、とくにテラナーにいくら好感を持っていたとはいえ……彼女なら、なにかべつの方法を探しだし、かれらを助けに行っただろう。かけがえのない《ナルガ・サント》をそのような危険にさらすことは、ぜったいにありえない。

　彼女はこの考えをどうにかして振りはらいたかった。いろいろと試みたものの、うまくいかない。サラアム・シインの歌声なら助けになったかもしれないが、かれはもう歌っておらず、二度と歌うことはなさそうだった。

　このことも、彼女を悩ませる問題のひとつだった。

ここ数カ月間、彼女は《ハーモニー》で多くの時間をすごしていた。自然とそうなったのだ。ゲ・リアング＝プオとその一行は、ギャラクティカーよりも、サラアム・シインといっしょにいることを好み、ダオ・リン＝ヘイはかれらといることが多かったから……とくに《シマロン》船内をコヴァル・インガードという男がうろつきまわるようになってからは。かれは、カルタン人はみな奴隷ハンターだと思いこんでおり、それが誤解だと頭にたたきこむまでには、長い時間を要しそうだった。

ダオ・リン＝ヘイは、この〝テラの子供たち〟と呼ばれる部族の男を避けていたわけではなかった。ギャラクティカーはそう思っているかもしれないが……それは彼女には都合がよかった。彼女はカルタン人だ。自分と同じ種族のところへ行くのに、あれこれ説明する必要がなくなるから。

彼女がまさにこのオファラーの歌手と、カルタン人にとってはことさら魅力的な、かれの音楽に慣れ親しんだころ、あの事故が起きたのだった。

《ハーモニー》はそれ以降、とても悲しい雰囲気につつまれていた。

サラアム・シインは肉体的には順調に回復し、健康をとりもどした。歌唱力を失った苦しみから、しばらくは永遠に口をきかないかのようなようすだったが、そのうちまた、ときおり言葉を発するようになった。だが、かれの落ちこみははげしかった。

ダオ・リン＝ヘイは案じずにはいられなかった。かれはどうなってしまうのか、と。

音楽を失ったオファラー……考えただけでも恐ろしかった。

ひとつ、たしかなことがある。それは、カルタン人ではサラアム・シインを助けることはできない、ということだ。カルタン人たちは考えつくあらゆる努力をして、かれの気をまぎらわせ、つらい運命をすこしでも楽にしようとしたが、成果は乏しかった。ダオ・リン＝ヘイとゲ・リアング＝プオは、サラアム・シインは《ハーモニー》をはなれたほうがいいと思った。この船にいたら、かれはこれまでの音楽に満ちあふれた生活を思い出してしまう。宇宙港かマンダレー、あるいは必要とあれば、べつの宇宙船で、気晴らしだけでなく、適切な医療行為や心理的なケアを受けられるようにするのだ。《ハーモニー》はオファラーに申し分のないサービスを提供するが、船はしょせん生命体ではない。

サラアム・シインはこの提案に乗り気ではなかった。ダオ・リン＝ヘイは、それでもかれは、カルタン人たちがかれの船を去り、かれだけがそこにのこれば、考えが変わるだろうと思った。

彼女はまさにその状況を引き起こそうと決意していた……それは、サラアム・シインのためだけではなかったのだ。

*

「われわれには、船をまわしてもらえません」ゲ・リアング＝プオはそういうと、いらいらして爪をひろげた。そのいらだちはダオ・リン＝ヘイに向けたものではなく、十三名のカルタン人が置かれた状況に対するものだった。「《ナルガ・サント》の極端な供給不足は解消されたから、というのがかれらの言い分。あの支援で数年間は、最悪の状況が緩和されるとかれらは信じている」

「わかっている」ダオ・リン＝ヘイは陰鬱そうにいった。「もちろん、かれらは《ナルガ・サント》を見捨てたりはしないだろう。だが、わたしはいつか遠い将来に次回の供給便が飛びたつのを、のんびり待つ気はない。それに、わたしが考えているのは《ナルガ・サント》のことだけではない。わたしはアルドゥスタアルにもどりたいのだ。わが故郷の銀河がどうなっているか、どうしてもたしかめたい」

「《ナルガ・サント》にわれわれが飛行するのは、遅かれ早かれ、きっと認められるでしょう。でも、アルドゥスタアルに飛ぶための宇宙船は……無理です、かれらが提供してくれるとは思えません。実現するには何年もかかるでしょう」

ダオ・リン＝ヘイは《ハーモニー》のボウル状の上部を見まわした。

サラアム・シインは自分のキャビンにこもったままだ。かれは最近、引きこもることが多くなった。そこでかれがなにをしているのか、だれにもわからない。おそらく寝ているのだろう。以前はほとんどいつも、この上ですごしていたのに。かれが見たいと望むあらゆる景色をリアルにうつしだす、うつり変わるプロジェクションにかこまれて。

いま、プロジェクションは消えている。

いい船だ、とダオ・リン＝ヘイは思った。少々、ちいさくてせまいし、軍備もいまひとつだが、速いから……

この考えを、彼女はわきへ押しやった。彼女はサラアム・シインに、《ナルガ・サント》への飛行に興味を持ってもらおうとしたのだが、かれは拒絶していたから。かれは彼女に面と向かってはいわなかった……あるいは歌わなかった……が、彼女にはかれのいいたいことがわかった。もしかすると、いまなら、かれが考えを変えるよう説得できるかもしれないが、かれが精神的に弱っていることを利用するのはフェアではない。

ダオ・リン＝ヘイはそれでも、強行することはできた。判断に迷うとき、彼女にはやはり自分の種族の利益が、サラアム・シインやそのほかの異人の気持ちよりも重視されたから。だが、ちっぽけな《ハーモニー》で《ナルガ・サント》のあわれな残骸へと飛行したところで、なんの役にたつ？　オファラーのこの船は荷物を積むスペースがちいさすぎる。《ハーモニー》にめいっぱい積みこんだとしても、《ナルガ・サント》のカルタン人の状況を決定的に改善できる量の物資は、おさめることができない。

アルドゥスタアルはどうだ？

せまい《ハーモニー》でそこまで旅をするのは、ダオ・リン＝ヘイ自身、きわめてさし迫った事情がなければごめんだった。
それに、ゲ・リアング＝プオをはじめ、ほかの者たちが、そのような作戦に同意するとは思えない。かれらはサラアム・シインのことを、ダオ・リン＝ヘイよりもはるかに長く知っており、かれとのきずなを感じていた。もし、ダオ・リン＝ヘイがこのオファラーをなんらかの方法であざむこうとしたら、彼女は同胞の抵抗を覚悟する必要があっただろう。そのような厄介な手を使うことは、彼女はこの時点ではもっとも避けたかった。

「船を一隻、〝拝借〟したらどうでしょう？」ゲ・リアング＝プオがためらいながらいった。

彼女はダオ・リン＝ヘイの過去についてよくは知らなかったが、第二次パラ露紛争での、この《マスラ》の庇護者の向こう見ずな行動については当時、アルドゥスタアルじゅうで話題になっていた。

ダオ・リン＝ヘイもその過去を思い出したものの、そのような行動を現下の状況で実行するのは不可能と、みずから結論づけた。彼女は勇気と冒険心を失っていなかったし、ゲ・リアング＝プオとその仲間たちを信頼してはいたが……

「われわれでは人数がすくなすぎる」彼女はいった。

それに彼女はまだ、ギャラクティカーから盗みをおかすほど、捨て鉢になってはいなかった。だが、そう口にするのはやめておいた。それは時間の問題だったから。もうしばらく待たされたら、彼女はそのためらいも忘れてしまいそうだった。

そのうえ、もし待たされる時間が充分に長ければ、彼女はあらたに手を組む相手さえ見つけられるかもしれない。自由商人のなかには数人のカルタン人がいた……この天の川銀河の影響領域になんらかのかたちで流れ着いた宙航士たちだ。かれらも故郷が恋しいにちがいない。もし、そうでなくても、恋しくなるはずだ。ダオ・リン＝ヘイがかれらにその気持ちを吹きこめば。

それでも……やはり彼女は、《ナルガ・サント》の住民たちを助け、さらに惑星カルタンに帰還させる機会を、ギャラクティカーたちから進んで提供してほしかったのだ。すくなくともギャラクティカーは、ダオ・リン＝ヘイがかれらに帰還計画を充分にアピールしなかったと主張することはできない。彼女はその計画について、ペリー・ローダンにも、アトランにも、意見をもとめていた……とくに最近は、彼女は口を開けば、ほとんどその話ばかりだったから。

彼女の話はきちんと聞いてもらえなかった。それを彼女のせいだといえようか？

だが、もしかするとかれらは、彼女の話をよく聞いてはいたが、正しく理解していなかっただけかもしれない。自分の種族を助けたいというダオ・リン＝ヘイの希望が、これほど強いということを。

ダオ・リン＝ヘイは思った。銀河系船団には、自分のような者をいつまでも待たせてはおけないことを、よく知っているギャラクティカーもたくさんいるはずだ、と。

そのとき、《ハーモニー》が連絡してきた。

「エアロックの前にお客さまが一名、おみえです」やさしい声がいった。「名前はルーベン・スタル、《ヘラクレス》の指揮官だそうです」

「サラアム・シインはあなたのアナウンスに反応しないの？　きっとかれは、ゲストを迎える気分ではないのね」ゲ・リアング＝プオはいった。「《ヘラクレス》の指揮官に、あとでもう一度、訪ねるようにと伝えて」

《ハーモニー》はしつけのいい宇宙船だった……カルタン人の発言を最後まで辛抱強く聞いたあとで、ようやく彼女に伝えた。

「お客さまが話をしたいのは、ダオ・リン＝ヘイです」

「《ヘラクレス》の指揮官が、わたしになんの用だろう」ダオ・リン＝ヘイはいぶかしげにつぶやいた。「知りもしない相手だが、どうしても話がしたいというなら、会うことにしよう」

3

ルーベン・スタルは巨漢のテラナーだとわかったが、ダオ・リン＝ヘイはとくに圧倒されることはなかった。かれを文字どおり、見あげるはめになっても。彼女は自分に充分、自信があったので、そんなことでは動じなかった。

それに彼女は、かれにあまり迫力を感じなかった。たしかにかれは体格がいい。彼女よりも頭ひとつ以上、背が高く、肩幅は百二十センチメートルをこえていた。この体格なら、カルタン人のもっとも荒れた移住惑星でも、一目置かれることだろう。だが、この男はダオ・リン＝ヘイには不健康そうに見えた。筋骨たくましいものの、肥満の傾向が明らかだ。その顔も、肌の色が異様に白く、あばたがあり、赤い涙目で、たいらに押しつぶしたような鼻、ふくらんだ青い唇をしていた。髪は赤褐色の巻き毛で、かなりぼさぼさだった。

ダオ・リン＝ヘイはテラナーの毛がない顔は見慣れていたが、ルーベン・スタルはテラナーのなかでもきわだって醜い男に見えた。

「きみがダオ・リン＝ヘイか？」かれは低いしゃがれ声でたずねた。彼女はひかえめにうなずき、かれのベルトに装着されたコンビ銃を、非難めいた目でにらんだ。

テラナーはゆがんだ笑みを浮かべた。

「なにが起こるかわからないんでね」かれはいった。まるでかわいいペットのように、その武器をなでながら。「宇宙にはいたるところに、いくらでも悪い種族がいるから……わたしはニッキ・フリッケルから、きみに挨拶するようことづかってきたんだ」

「彼女にトラブルでも？」ダオ・リン＝ヘイは自分が意図するよりも、無愛想にたずねた。彼女はこのテラナーにあまり好感が持てず、手短かにすませたい気持ちのあらわれだった。

ルーベン・スタルはおもしろそうに眉を引きあげた。

「そうでないことを願おう」と、かれ。「ニッキ・フリッケルのことだから、厄介なことになっているか、その寸前だとつい考えそうになるが。だが、われわれが別れるとき、彼女はむしろ〝きみ〟を心配しているように見えたよ」

「彼女がわたしを心配する理由が思いあたらないが」ダオ・リン＝ヘイは気がかりそうにつぶやいた。彼女の頭には、ポイント・シラグサから《ペルセウス》が帰還してから、彼女が検討している計画が浮かんでいた。ニッキ・フリッケルはなにか感づいたんだろうか？

逆に……彼女でなければ、ほかにだれが感づく？　ニッキ・フリッケルとダオ・リン＝ヘイは数年来の知り合いだった。

「彼女はきみががまんできなくなることを、心配しているようだった」ルーベン・スタルはすぐさま返した。「わたしが任務でどうせ惑星アスポルクの近くまで行くのなら、その機会に訪問先ですこし探してやってほしいと、彼女にたのまれたんだ」

「なにをだ？」ダオ・リンは、いらだったようすでたずねた。

「ちょっとしたもの……たとえば、安いエンジンとか」

ダオ・リン＝ヘイは爪を出しかけたが、それをみずから制し、このテラナーがさっさとニッキの意図を伝えてくれることを願った。

「アスポルクには、ありとあらゆるものがある」ルーベン・スタルは冷静につづけた。「それも安く売っているんだ。べつに不思議はないが。いま、クロノパルス壁のすぐそばで商売をしても、うまくいかないだろうから。リニア・エンジンだって手に入る」

ダオ・リン＝ヘイははっとして、《ヘラクレス》の重量級の指揮官を見つめた。

古き良き友、ニッキ・フリッケル！　彼女は心からそう思った。これでジレンマから抜けだせるかもしれない。彼女の胸は高鳴った。

《ナルガ・サント》……あるいは、その残骸……はエンジンを失っていた。かわりのエンジンを調達できれば、この残骸をふたたび飛行可能な状態にして、アルドゥスタアルに帰還できる。

これ以上の解決策はないと彼女は思った。《ナルガ・サント》の残骸だけでなく、生きのこったカルタン人も、この方法で本来いるべき場所にもどることができる。もちろんダオ・リン＝ヘイも、ゲ・リアング＝プオも、そのほかのこの旅の仲間たちも。きっとうまくいく！　こんな絶好の機会を利用もせず逃す手はない。ローダンもアトランもわかってくれるはず。

もし、わかってくれなかったら？

ダオ・リン＝ヘイはこの考えを振りはらった。とりあえず、ニッキ・フリッケルがこの点でも多少の準備をしてくれたと信じることにした。

彼女はルーベン・スタルの腕をとって引っ張った。かれはこの数分間で、彼女にとってかなり好感が持てるテラナーに変わっていた。

＊

ペリー・ローダンと側近たちは目下、多忙をきわめていた。ダアルショルという名のカンタロを捕らえたからで、このドロイドには驚かされることだらけだったのだ。

このカンタロの件は一大センセーションで、ほかのすべてのことは、あとまわしにされてもしかたがなかった。ダオ・リン＝ヘイにもそれがよくわかっていた。べつの状況下であれば、彼女もこのドロイドに強い関心を向けたことだろう。だがいま、彼女の頭のなかは《ナルガ・サント》とリニア・エンジンだけが占めていた。

　カンタロの件にはいい面もあった。ローダンとその仲間たちは、ダアルショルの問題にかかりっきりだったため、ダオ・リン＝ヘイと彼女の種族の問題から解放されれば、ありがたかった。すくなくともダオ・リンの目には、そううつった。

「異存はない」ペリー・ローダンはいった。「たしかにきみのいうとおりだ……だれかがいま《ナルガ・サント》の面倒をみないと、時間切れになる。あの残骸は、三角座銀河にもどすことが最善の策かもしれんな」

「エンジンはもちろん、ただで手に入るわけではありません」ダオ・リン＝ヘイは指摘する。

「アスポルクの商人はなにをほしがっている？」ローダンはルーベン・スタルに向かってたずねた。

「交換品です」《ヘラクレス》の指揮官は簡潔に答えた。

「どんな？」

「一覧があります」

　ローダンはからかうようにほほえんだ。

「ずいぶんと準備がいいんだな」と、ローダン。「かまわないから、必要なものを持っていけ。たりないものがあれば、わたしにいいなさい」

「自由商人も助けてくれるでしょう」協議に同席していたジェニファー・ティロンがうけあった。「われわれもアスポルコスたちとは何度もコンタクトをとったことがあり、かれらのほしいものはわかります」

　これで一件落着だ。

　ダオ・リン＝ヘイはいま突然、すべてがこれほど迅速かつスムーズに進展したことに、やや驚いていた。ときおり彼女は自分に問うた。彼女は宇宙船を一隻、〝拝借〟する方法とその可能性を真剣に考えたときがあったが、その思考をかくそうとしなかった。あれは、あまりに軽率だったのではないか、と。だが、この件が彼女にとって都合のいい展開になったので、それをさほど長く思案することはなかった。

《ヘラクレス》の倉庫は、アスポルクで需要のある品々で満杯になった。ダオ・リン＝ヘイは自分のチームの編成にとりかかる。

　ゲ・リアング＝プオと彼女の十一名の同行者は、もちろんいっしょに飛行する。ダオ・リン＝ヘイは、惑星フェニックスで暮らすカルタン人の自由商人も、その一部を自分の計画に参加させたいと望んでいた。

《ナルガ・サント》のなかには非常に多くのカルタン人がいるが、助けになりそうにない。かれらは六百五十年前に、《ナルガ・サント》の大部分が犠牲になったカタストロフィを生きのびた、難破船の乗員の後裔《こうえい》だ。それから何世代ものあいだ、かれらは船の残骸部分で最悪な条件のもと、かろうじて命をつなぐために戦ってきた。この戦いはかれらに、食糧、水、熱、そして呼吸に必要な空気以外のことを考える時間をほとんどあたえなかった。したがって技術的なことは、まったくわからないも同然だった。

ダオ・リン＝ヘイはいくつもの報告書を丹念に調べた。彼女は《ナルガ・サント》の船上で彼女を待ち受けるものに、幻想をいだくことはなかった。きっとひと筋縄ではいかないだろう。助けになりそうなものは、なにひとつ手ばなせない。彼女はそう確信していた。

ところが困ったことに現在、惑星フェニックスとセレス星系の宙域にある防衛施設に滞在する、自由商人のカルタン人はわずかに十名ほど。宇宙を航行中のそのほかの者を呼びよせるには、時間がたりない。そんなことをしても、あまり意味はなかったろうが。アルドゥスタアルに旅をしたいなどという者は、いやしなかったから。

ダオ・リン＝ヘイは結局、彼女の計画に関心を持つ者を探すことを断念した。カルタン種族でない者を募集しても意味がなかった。そうした異種族の者たちに、天の川銀河……あるいはその周辺……に帰還する機会があるかどうか、それがいつになるかが、まったく不明だったからだ。

すべての準備がととのうまで、四日を要した。NGZ一一四三年十月六日、《ヘラクレス》は自由商人の惑星フェニックスをスタートした。

惑星アスポルクとこの星の住民を、ダオ・リン＝ヘイはまったく見たことがないも同然だった。

ルーベン・スタルとかれの乗員たちが業務を遂行するあいだ、ダオ・リン＝ヘイとその一行は、技術的な課題に集中してとりくんだ。もちろん《ヘラクレス》の専門家たちは、あらゆる助言を惜しまなかった。

購入したのは八基のリニア・エンジン。ぜんぶは《ヘラクレス》に収容しきれなかったので、四基は船体の外側に固定せざるをえなかった。

「まるで荷物を積んだロバみたいだ！」ルーベン・スタルは悲しそうな表情で、かれの船の外観を嘆いた。

4

《ナルガ・サント》はまさに、《ペルセウス》の報告どおりの場所で見つかった。

ダオ・リン＝ヘイは《ヘラクレス》の司令室から接近を見守った。彼女はこの瞬間、ほんとうはひとりでいたかった。だが、いま自分が引きこもったら、よくない印象をあたえかねないと危惧したのだ。彼女はそんなことをめったに気にしないが、このときはそうしたい気分だった。理由は自分でわかっている。不安で弱気になっていたからだ。同じ理由から、彼女はゲ・リアング＝プオにも、司令室にいっしょにきてほしいとたのんだのだった。

《ナルガ・サント》が視界に入ると、ダオ・リン＝ヘイはゲ・リアング＝プオのことも、ギャラクティカーのことも、頭から飛んでしまった。燃えるような目でひたすら見つめた……〝この〟宇宙のこの宙域でこれまでに目撃された、もっとも巨大な宇宙船のひとつの、あわれな残骸を。

《ナルガ・サント》……それは〝故郷のかけら〟という意味だ。

五万年以上も前に建造されたこの船で、かつてカルタン人はほかの種族も連れて、宇宙の境界を突き破ったのだ。かれらは滅びゆくタルカン宇宙を去り、メエコラーにやってきた。ハンガイ銀河の遷移にそなえ、あらゆる用意をととのえるためだった。その後、かれらは《ナルガ・サント》で、主の去ったエスタルトゥ帝国からアルドゥスタアルへと逃亡した。この地でかれらは、ストレンジネス・ショックの影響によって、蛮人に退行したのだった。

カルタン人がふたたび宇宙に乗り出すまでには何万年もかかった……《ナルガ・サント》はまだ存在していた。全知者たちは船内での生活に適応し、〝アルドゥスタアルの声〟として、みずからの種族の歴史を導いた。そして、遠方のラオ＝シンにある植民国家タルカニウムが滅亡に瀕すると、ダオ・リン＝ヘイはニッキ・フリッケル、ポエル・アルカウンとともに《ナルガ・サント》の最大の謎をとき、エスタルトゥ帝国の〝恒久的葛藤の哲学〟の秘密につつまれた創始者、オーグ・アト・タルカンを目ざめさせたのだ。

《ナルガ・サント》はただの宇宙船ではなかった……アルドゥスタアルのカルタン人の歴史がすべて、この船に詰めこまれていたのだった。

その〝故郷のかけら〟はいま、ほんの一部しかのこっていない。

ダオ・リン＝ヘイはこの光景を覚悟していたものの、深く心を痛めた。

のこっていたのは、本来の《ナルガ・サント》の五分の一だけで、船首のみ。しかも、スコ＝タ＝ミングと呼ばれる、かつての司令センターであり全知者の生活領域だった部分は、船首から消えていた。

《ナルガ・サント》ののこりの部分はどうなったのだろう？

報告によれば、カルタン人はこの船で、ギャラクティカーが〝ポイント・シラグサ〟と呼ぶ、二十光年ほどはなれたブラックホールを通り抜けようとしたらしい。そのさいに巨大な《ナルガ・サント》は破壊されたという。船の五分の四はブラックホールのなかに消えてしまい、のこりの五分の一、すなわち、船首部は、ポイント・シラグサの前にとりのこされた。そののこされた部分が、このカタストロフィで受けた加速によって、時間の経過とともに、ブラックホールからはなれる方向に流されていた。

ダオ・リン＝ヘイは、この船ののこりの五分の四を見つけだして……常軌を逸した考えだと自分でも認めるが……つなぎ合わせ、《ナルガ・サント》をふたたび一体にしようと心に誓っていたのだった。

《ナルガ・サント》は本来、九十キロメートルの長さがあった。残存する部分は、長さ十八キロメートルほど。幅は二十八キロメートル、高さが二十キロメートル。残骸といっても、まだ広大な内部空間を有していた。その無数にあるデッキには、何千ものカルタン人が余裕で迷いこめる。一方、難破船の乗員の後裔たちの数は、このひろさからすれば、まだすくなかった。《ペルセウス》の報告によれば、公式には二千六百八十名のカルタン人がこの残骸で暮らしているとのことだが、実際にはおそらく、その二倍以上の数だろう。

それでもまだ余裕はある……すくなくとも、この残骸の住民たちがスペース不足で苦しむことはないひろさだった。

ただ、当然のことながら、このカタストロフィは残骸の内部にも傷跡をのこしていた。船内の一部が〝冬景色〟、あるいは〝死のゾーン〟とさえ呼ばれるのには、たしかな理由があったのだ。

だが、報告によれば、この問題は解決ずみだった。ヴィンという名のカルタン人ミュータントが、《ナルガ・サント》の支配者だった高齢の、腐敗し、精神的にも混乱した女性を退位させ、船内の危険エリアの住民を内部世界に呼びもどしていた。《ペルセウス》が置いていった支援物資のおかげで、かれらはそこそこ快適で平穏な生活を送りながら、救い主の到着を冷静に待っているはずだった。

それは……ダオ・リン＝ヘイの見解では……本来のカルタン人の流儀ではなかったが。この種族の者は全般に、物事が進むのをただ片隅にすわって待つようなタイプではない。だが、《ペルセウス》の報告は、残骸の住民たちが時とともに退化していることも、明らかにしめしていた。おそらくそれは、肉体の面にかぎられないだろう。

すでに《ヘラクレス》は、この残骸の住民たちとコンタクトをとろうと試みていた。《ナルガ・サント》にはハイパー通信装置がないことがわかっていたため、最初から通常通信を使用した。

ところが、だれも応答しない。

「みんな寝てるのか？」ルーベン・スタルは不機嫌そうにたずねた。

ダオ・リン＝ヘイは心配で動けなくなった。

「手遅れでないといいが」

そうつぶやいたのは、《ヘラクレス》の副操縦士で副官をつとめるナッサリ・ティシュラフだった。かれは神経質でおちつきのないテラナーで、ときに悲観的になりがちだった。

ルーベン・スタルは怒った目でかれを見た。

「縁起でもないことをいうな！」かれはぶっきらぼうに命じた。「ドッキングするぞ」

*

至近距離で見てはじめて、恐ろしい破壊の全容がわかった。あのカタストロフィは、《ナルガ・サント》のまだ残存する部分にも、破壊の爪痕をのこしていた。ダオ・リン＝ヘイは愕然として、破断個所を凝視した。

船の外縁部は溶けた外殻にまみれていた……《ナルガ・サント》のこの岩石でできた外殻は、極端な高温にさらされたようだ。埋設された金属部分が一部、溶けた状態で、あちらこちらに突き出ている。

《ナルガ・サント》の船首を、船のそのほかの部分とつないでいた数々の通廊やシャフトが、まるで開いた傷口のように、痛々しく口を開けていた。この穴のうち、外側が封鎖されているのはほんのわずかだった……大半はもっと内側で閉じられており、その多くはきっと自動的に作動する保安ハッチのおかげだろう。

《ヘラクレス》の司令室では、多くの者が険しい顔だった。

「きびしい作業になりそうね」ダオ・リン＝ヘイの横に立っていた、女首席エンジニアのペシュ・ダナアがいった。「終わらせるには、そこそこ時間がかかるでしょう」

ダオ・リン＝ヘイは黙っていた。言葉を発しようとしても、きっと動揺したうなり声しか出そうになかったから。破断個所を見るのも、彼女にはほとんど耐えがたかった。

だが、この船にどうして違う姿を期待できようか。あのような、とてつもない力で文字どおり、断片に引き裂かれた船に。

そもそも、あのカタストロフィを生きのびた者がいること自体、ほとんど奇蹟に近かった。

「この構造物全体にまだ、エンジンの推力に耐えられるだけの頑強さがあるかどうか、確認が必要だわ」ペシュ・ダナアはつづけた。

ダオ・リン＝ヘイは、その問題はまだもうすこし先のことだと感じていた……それよりもまず、この残骸で生活するカルタン人がどういう状況にあるかを確認しないと。今回の救援活動はすべて、かれらのためにあるのだから。それを思うと、彼女は胃のあたりにひどく不快な感じをおぼえた。

ここ数日間、彼女はくりかえし恐ろしい夢に悩まされていた。そのようなとき、テレパシー能力者の彼女はいつも迷うのだった。自分はこの夢を、現実の出来ごとによって生じた過剰な想像力の産物として、あっさり無視していいのか、それとも、真剣な警告ととらえるべきなのか、と。

彼女はあまり優秀なテレパシー能力者ではなく、有効範囲はかぎられていた。その影響は、彼女が思考を探ろうとする者に特有の思考パターンが彼女にまだわからない場合、悪い意味で顕著にあらわれた。

それを考慮すると、彼女が《ナルガ・サント》の住民に、これほどはなれた距離からコンタクトをとることができるとは考えにくかった。

だが、ダオ・リン＝ヘイは確信が持てず、頭を悩ませていた。もしかすると自分は、完全なリラックス状態にある睡眠中に、ふだんなら知覚できない、ましてや分析などとてもできない、非常に弱いインパルスをとらえ、それを無意識に夢のかたちで表現しているのではないか、と。

いま、彼女は《ナルガ・サント》の非常に近くにいるが、はっきりしたインパルスはまだ、受けとれていない。かつて、〝ヌジャラの涙〟をたよりにできたころなら、容易に確信が得られただろうが、そんな時代はもう完全に終わってしまった。パラ露なしで知覚できるもので満足しなければ。だが、それはとてもわずかで、鈍いざわめきが聞こえるだけだった。

このざわめきからも、彼女はなにも読みとれなかった。

それとも、彼女自身がなにも読みとりたくなかっただけなのか？

入り乱れたこのインパルスには、彼女を不安にさせ、反感をおぼえさせるなにかがあった。彼女は本能的に、この不明瞭な思考の洪水に深く沈みこむことに、しりごみしていた。

もしかすると実際に、まだ距離が遠いだけなのかもしれない。あのヴィンの努力でほんとうに残骸の住民たちが、危険な外側のエリアを引きはらい、無数の金属壁にかこまれた内部世界に滞在できるようになったとしたら、かれらはテレパシーの有効範囲外にいる可能性があった。

彼女はゲ・リアング＝プオのほうを振り向き、無言でたずねてみると、否定が返ってきた。ゲ・リアング＝プオもこれまでまだ、《ナルガ・サント》から具体的なインパルスを受けとっていなかった。

ダオ・リン＝ヘイは残骸の〝上部〟にぱっくり開いた、大きな深い傷を見て驚いた。この損傷は彼女には、背後にある巨大な破断個所よりも、もっと悪いことのように思われた。

彼女はいまはじめて、スコ＝タ＝ミングがいかに大きかったかを実感した。だが、彼女がそう感じた理由は、スコ＝タ＝ミングだけが消えたわけではなかったからかもしれない。その上にそびえていた、十八本の棒ノクターンも消え去っていたのだ。

棒ノクターンを失ったことが、いかに重大なことか。それは彼女には、考えるまでもなかった。カルタン人の過去と歴史に関する多くの秘密情報、とくにかつての全知者、ヴォイカの秘密がそこに保管されていたのだ。

「あそこだ！」ナッサリ・ティシュラフはいった。「あれが、ティフラーたちが案内された入口にまちがいない。調査チームをいくつか編成して……」

「だめだ！」ダオ・リン＝ヘイはいった。「それはまだ待ってくれ！ 先に、わたしたちに入らせてほしい」

ナッサリ・ティシュラフが怪《け》訝《げん》そうに指揮官を見ると、ルーベン・スタルは肩をすくめた。

「これはカルタン人の船だ」かれは緩慢な声でいった。「だから、カルタン人を先に行かせよう。なかの者をどうあつかったらいいか、同族の彼女たちがいちばんよく知っているはずだから」

ナッサリ・ティシュラフはこの決定に満足していないようすだったが、ダオ・リン＝ヘイは気にとめなかった。

ゲ・リアング＝プオが彼女のあとを追った。彼女たちはエアロックで、チームののこりの者たちと合流した。

「あなたたちは、ここで待っててくれ！」ダオ・リンは決断した。「まず、ゲ・リアングとわたしが、ふたりで向こうを見てまわる。すぐ出動できるようにしてほしい……助けが必要になったら呼ぶから」

カルタン人たちも不満なようすだった。ダオ・リンはそのとき気がついた。彼女はきょう、ありとあらゆる人の感情を害する、特別な才能をあたえられてしまった、と。

彼女はゲ・リアング＝プオにくるよう合図を送ると、先に立って進んでいった。

5

足を踏み入れると、そこは陰鬱で不気味な世界だった。船内は安全ではないことが、ひと目でわかった。あちらこちらがくずれた壁、壊れ落ちた天井、ひび割れた梁《はり》、穴だらけの床。口を開けた割れ目から、持ちこんだ投光器の光がもれ、岩石でできた船体外殻のあたりまでとどいた。

「こんな割れ目がいくつあるんだか！」ゲ・リアング＝プオはヘルメット無線でいった。

「すべてをふさごうと思ったら、その作業だけでも数カ月はかかります」

「まだ居住可能なエリアに絞ることにしよう」と、ダオ・リン＝ヘイ。「みんながきちんと寝泊りできる、安全な空間にすれば充分だ」

「外側のこのエリアがくずれおちないといいけれど」ゲ・リアングは気になるようすだ。

「ようすを見るしかないな」ダオ・リン＝ヘイはつぶやく。

ふたりはゆっくりと前進し、無傷のエアロックにたどりついた。その奥には、空気が満ちた通廊がのびている。

慎重にヘルメットを開けた。一帯の空気は、寒さを好むカルタン人にさえ、氷のように冷たく感じられた。妙な臭気が通廊に充満している。むっとした鼻をつくにおいだった。

「こんな環境で長期間、暮らすはめになったら、心身ともにむしばまれても不思議はないわ」ゲ・リアング＝プオはぞっとした表情でいった。「《ペルセウス》が置いていった酸素はどうなったんでしょう」

「ここは、いわゆる〝死のゾーン〟だろう」と、ダオ・リン＝ヘイ。「この残骸内でもっとも生存に適さないエリアだ。たぶん、内部世界から隔離されている……貴重な酸素を部屋の換気に使うのはむだだから。どうせ、住めないんだし。もっとなかにいけば、環境はよくなるだろう」

彼女はためらったが、小声でつけくわえた。

「すくなくとも、そう願おう！」

慎重に通廊を進んでいく。投光器の光が無数の破損個所を照らしだす。壁のあちこちに金属で継いだ跡があった……この場所で何度も、真空の侵入をかろうじて防いだことをしめす、明らかな証拠だった。ここでは、そのような事故がまた起きるかもしれない。つねにその覚悟をしておく必要があった。

この通廊に照明はなかった。保安エアロックをひとつ通過したが、なにも変化はない。

刺すような寒さも変わらない。ただ、ここではカルタン人が生活していた痕跡を、より頻繁に見つけることができた。

　奥まった場所に積みあがったゴミは、大半がプラスティックのくずだった。一見したところ、そのなかに使えそうなものはない。それでも先に進んでいくと、《ナルガ・サント》の住民が、その使えそうにないくずを、うまく再利用していることがわかった。あちらこちらにハッチが閉まらなくなった部屋があり、そこは素朴なカーテンで仕切られていたが、それはプラスティックのくずをより合わせたものを編んでつくられていた。さらに部屋のすみには、同じ材料を積みあげてしつらえた、簡素な寝床があった。

　ここにはもう、カルタン人はいないことがわかると、ふたりは歩みを速めた。どの寝床にも、ぬくもりはのこっていなかった。

　船内の世界には、真っ暗な通廊、シャフト、ホールしか存在しないように見えた。そのなかは、ほとんど息ができないほど寒かった。

　そうしたホールのひとつで彼女たちは、プラスティック材の山の周辺にいくつかの死骸があるのに気がついた……カルタン人ではなく、未知の動物の死骸だった。体長は四十センチメートルほど。毛皮におおわれ、鼻先はまるい。足は短く、毛のない足先には爪が備わっていた。死骸はかちかちに凍っていたが、どうも寒さによってではなく、渇きで死んだようだった。

「これは前から《ナルガ・サント》にいたんですか？」ゲ・リアング＝プオはたずねた。

「いや」ダオ・リン＝ヘイは短く返した。「どうやってここにきたのかもわからない」

「わざわざ連れてきたのかも」ゲ・リアングは考えこみながらいった。「この動物はとても丈夫そうですから。備蓄用の食糧として持ちこまれたのかもしれません」

「そうは思わない」ダオ・リンは不機嫌そうに否定した。「だとしたら、旅が何年もかかると覚悟していたことになる。それはぜったいにない」

ラオ＝シンへの飛行に使った三段式宇宙船でさえ、生きた動物は乗せていなかった……この飛行は二年以上かかったのだ。そもそも、カルタン人の宙航士は、規律統制と質素な生活に慣れていた。凝縮口糧で何カ月もしのぐことができたのだ。文句もいわずに。

それとも、カルタン人の宙航士たちも変わってしまったんだろうか？

ダオ・リン＝ヘイはそうは思わなかった。

この動物はおそらく、うっかり持ちこまれたものだろう。食肉用としてはちいさすぎるから。焼いたらちっぽけになってしまう。

だとすると、やはり六百五十年以上という月日のあいだには、カルタン人の宇宙飛行にも多少の変化が生じているにちがいない。ダオ・リン＝ヘイの時代には管理がより厳重だったため、こうしたことは起こりえなかった。

彼女たちは憂鬱な気持ちで黙りこんだまま、奥へと進みつづけたが、不安は増すばかりだった。

ジュリアン・ティフラーがこの残骸に踏みこんだとき、ここのようすはまったく異なっていた。

ティフラーとその一行が《ナルガ・サント》に乗りこむと、ロボットたち……古くおんぼろで、外面も内面も腐食がすすみ、機能不全の寸前だった……が出迎え、死のゾーンと冬景色を通り抜け、イルの至聖所へと案内した。その途中でかれらは多数のカルタン人に遭遇していた。

あのカルタン人たちはいま、どこにいるのだろうか？

ダオ・リン＝ヘイはティフラーたちが通った道について、記憶をたどっていた。彼女はかれらよりも前に《ナルガ・サント》の船首に足を踏み入れたことがあったのだが、この区画がとほうもなく拡張されているのを目にすると、ここにくわしいなどとはとてもいえなかった。

それでも彼女はすくなくとも、自分たちがどこにいるのかは、だいたいわかった。いま、ふたりはスコ＝タ＝ミングがあった場所の下部におり、中央の連絡シャフトに向かっている。イルの至聖所はもっと先の、ナックのかつての居住区内か、そのすぐ近くにあった。

その方向へつづく通廊を探していくと、ここの住民たちがのこした痕跡を、やや頻繁に見かけるようになった。とはいえ、カルタン人自体はやはり見あたらず、ロボットに会うこともない。

そのかわり、テレパシーのインパルスは、よりはっきり感じられるようになった……

これは彼女たちが正しい道を進んでいることをしめす、明確なしるしだ。

ただ、ふたりは、自分たちが感じとったものが気がかりでしかたがなかった。

「急がないと」ゲ・リアング＝プオは心配そうにささやいた。「このままでは殺人沙汰になってしまう！」

「かれらはいい暮らしができていると、ギャラクティカーはいっていたのに」ダオ・リン＝ヘイは苦々しそうにいった。

彼女はあたりを見まわすと、どことなく見おぼえのあるシャフトを見つけた。

「あのなかだ！」彼女はいい、先を急いだ。

*

このシャフトには以前、パイプ軌道が通っており、シャフト内は真空だったため、宇宙服なしではなかに入れなかった。だが、その運行は、カタストロフィが起きてから途絶えたままだ。ハッチはひび割れており、シャフト内に満たされた空気を外に逃さないため、シャフトは自動的に作動する保安ハッチで閉鎖されていた。

パイプ軌道はかつて、《ナルガ・サント》内でもっとも高速の交通手段だった……その路線は船尾から船首まで敷設されており、おもに物資の輸送に使用されていた。

この巨大な船には、かつてはさまざまな種族が暮らしており、各種族がそれぞれのニーズに合わせて居住区を形成し、整備していた。そうした背景から、パイプ軌道の停車駅は、貨物の積み替え場所であるだけでなく、異なる種族間で対面での協議が必要となるときに、中立的な会合の場所ともなっていた。

そのため、軌道の停車駅には、貨物用と旅客用の各施設のそばに、すくなくともひとつの大きなホールと通信ブース、食糧供給所が設置されていた。

ダオ・リン＝ヘイは、これらの停車駅の建設で用いられた設計図が頭に入っていたので、迷うことなく、旅客駅に通じる出口へと向かった。

ところが、その途中で彼女は立ちどまった。

「あなたも感じるんですね？」ゲ・リアング＝プオはささやき、からだを震わせた。

その場所でテレパシーのインパルスがとても近く、はっきりと感じられたのだ。それは鈍い憎しみとともに、死ぬほどの疲労も伝えている。このインパルスは駅からではなく、駅に隣接する格納庫の前のホールからとどいてくる。格納庫そのものは、からのようだった。

「嵐の〝あと〟の静けさかしら」ゲ・リアング＝プオは小声でいった。「積もり積もった感情が爆発したようですね。集団ヒステリーだわ。いま、かれらは疲れているけれど、ささいなきっかけで、また火がつき、燃えあがるかも」

ダオ・リン＝ヘイはハッチを見つけた。それは機能していなかったが、すこしの力で、ふたりが通り抜けるのに充分な隙間が開いた。ハッチの奥に暗いホールがあった。そのなかは比較的、暖かい。妙なにおいが空気中に漂っている。甘い、すこし腐ったようなにおいだ。エキゾティックな花の香りのようだが、不快な塩臭と金属臭がまざっている。

血のにおいだった。

そのとき、かすかにかさかさという音がした……ふたりは驚いて振り向いた。投光器の光が通信ブースを照らしだす。ちいさな暗いアルコーヴにそれぞれブースが設置されており、そのいくつかは素朴なプラスティックのカーテンでホールと仕切られている。カーテンのひとつが揺れた。

ダオ・リン＝ヘイはその場所に歩みより、カーテンを引くと、せまいブースのなかを投光器で照らした。ひとりのカルタン人女性がすみにからだを押しつけ、両手で顔をかくしている。

「あなたはだれだ？」ダオ・リン＝ヘイはたずねた。「なぜかくれている？」

返事はない。

ダオ・リン＝ヘイは驚いて、女性の痛ましい姿を見つめた……不安で動けなくなったようすで、床にうずくまっている。

女性の服は正体不明のいくつかのぼろ切れでできていて、からだをほとんどおおいかくせていない。その下から血色の悪い不健康な素肌がのぞいていた。体毛の痕跡はない……すくなくとも、いま目にしている部分には。指先に爪はなかった。からだには一面に無数のちいさな傷があり、出血している。

「なにも恐がることはない」ダオ・リンはやさしくいった。「光が気になるか？」

カルタン人女性は憐れな鳴き声をあげた……病気の幼児かと思うような、言葉にならない悲しげな声だった。ダオ・リン＝ヘイは光を暗くしたが、女性の姿勢は変わらなかった。

ダオ・リン＝ヘイとゲ・リアング＝プオは、彼女をそっとせまいブースから引っぱり出し、容体を確認した。女性はよわよわしく抵抗したが、力なく、おぼつかない動きだった。それはけがのせいではなかった。どの傷もたいしたことはなかったから。彼女は明らかなショック状態で、なにをたずねても反応がなかった。

「彼女をここに置いていけません」ゲ・リアングが心配そうにいった。

「そうだが、連れ歩くわけにもいかない」と、ダオ・リン。「なにか彼女が元気になるようなものをあげてくれ。そのあいだに、わたしは外でなにが起きているか見てくるから」

ゲ・リアング＝プオがけがを負ったカルタン人女性の世話をするあいだ、ダオ・リン＝ヘイはホールを横切り、斜路に通じるハッチに向かった。ハッチ自体はまったく動かなかったが、あとから切りとったようなちいさな出入口があった。出入口には鍵がかかっていたが、ダオ・リン＝ヘイを困らせるものではなかった。

彼女が出入口を開けると、鈍いざわめきが聞こえてきた。外のようすを注意深くうかがう。

動きのないロボットがならんでいるのが目に入った。その外装はきれいで、銀色に鈍く輝いていた。よく見ると、ロボットはどれも壊れている。ただの飾りとして、斜路の端に立ててあるようだ。もう長いこと、その場から一ミリメートルも動けない状態らしい。

斜路にも血の跡が見られた。あちらこちらに金属の塊りが転がっている。

斜路の上がり口には、多数のカルタン人がしゃがみこんでいた。斜路のあるホール全体がカルタン人の群衆で埋めつくされている……陰鬱で重苦しい雰囲気だった。そのうちの何人かが、出入口を見つめていた。ダオ・リンがそこにあらわれても、かれらの反応はとても鈍かったが、それはすぐに変化しそうだ。すでに数人が立ちあがり、脅すようにこぶしを振りあげている。

「死にたいのか？」

ダオ・リンは振り向いた。ゲ・リアング＝プオがけがをしたカルタン人女性の横にしゃがみ、いつでも跳べるようにかまえているのが見えた。彼女の投光器がひとりの未知者を照らしている。

通信ブースのあいだにもうひとつ、彼女が気づかなかった通廊があるようだ。カルタン人男性がひとり、そこにあらわれていた。かれは機敏でしなやかな跳躍で近づくと、出入口に飛びつき、全力で閉めた。

「ついてこい！」かれはふたりに叫び、急《せ》きたてた。

「待て！」ダオ・リン＝ヘイは冷静にいい、やにわに武器を手にした。「まず、ここでなにが起きたのか教えてくれ！」

見知らぬカルタン人は驚いた。

「どうしても外の連中の手に落ちたいというなら……」と、かれはいいはじめたが、ダオ・リン＝ヘイを論破するのはむずかしそうだった。彼女はインパルス銃をかれに向けた。

「教えるんだ！」彼女は命じた。

投光器の光はまだ弱めたままだったので、その光が男を眩惑することはなかった。それでも、かれには光源の向こうのふたりの侵入者の顔はよく見えなかった。よけいにはっきりと、銃がかれの目に入る。

「武器をどこで手に入れた？」かれはきびしい口調でたずねた。「あの外で宝の蔵でも見つけたか？　その投光器……それに、そのスーツはなんだ？　きみたちは調整官じゃないな。いったい何者だ？」

　壊れたハッチになにかが当たる大きな音がした。ちいさい出入口にも命中し、粗末な蝶番《ちょうつがい》が揺れる。カルタン人男性は目に見えていらだった。

「教えるまで待つ！」ダオ・リン＝ヘイは冷たくいった。

　男は怒って反論しかけたが、やめて即座に逃げようとした……こんな無謀な狂人たちが自分になんの関係がある？　だが、自分に向けられた武器を見て考えなおした。うんざりした身ぶりで、まだまったく無感情のままの同胞女性を指ししめす。

「あれは新しいイルだ！」急いでかれはいった。「いや、すくなくとも彼女はそのつもりだった。彼女はあの外から間一髪で逃げてきたが、危険がなくなったわけじゃない。贖罪の斜路への恐れは弱まりつつある。かれらは遅からず、ここに入ってくる。そして新しいイルを探しだし、殺すんだ……もし彼女のそばでわれわれが見つかれば、われわれも殺される。だから、いますぐこい！」

「新イルも連れていく！」ダオ・リンがうなった。ハッチの向こう側の騒音が、恐いほどひどくなる。

　彼女は毛のないカルタン人女性にあわてて駆けより、肩にかついだ。新イルは、かつげないほどの重さはなかった。小柄でぎょっとするほどやせ細っていたから。

未知のカルタン人男性はダオ・リン＝ヘイから目をはなさなかった。かれは彼女の一挙手一投足を目で追った。彼女はそれを、かれに背を向けているときでも感じ、不快だった。

カルタン人のあいだでは、だれかをじっと見つめることは、非常に無作法だとみなされる。だが、《ナルガ・サント》で時とともに忘れ去られた礼儀作法は、どうもこれだけではなさそうだ。

「どこへ行く？」ダオ・リンはぶっきらぼうにたずねた。

「どこへ行こうと」かれは苦々しそうにいった。「そいつを連れまわすかぎり、われわれに安全な場所はない。武器をこっちによこせ！」

「それが目的だったのか？」ゲ・リアングはたずね、自分のインパルス銃を引き抜いた。

「そんなつもりじゃないんだ」あわてて未知のカルタン人は否定した。「わたしでは新イルをそう長い時間、かつぐことはできないし、きみは彼女を連れ歩くかぎり、銃を撃てないじゃないか」

「武器をあつかえるか？」ダオ・リンはたずねた。彼女はかれの思考から、かれが誠実な思いであることを読みとっていた。

「わたしは調整官だったので」カルタン人男性はありのままに伝えた。「わたしの名はモンカだ」

彼女は銃をかれに手わたした……万一、かれが誠実な思いをひるがえしても、彼女とゲ・リアングはすぐさま気づくことができるから。

かれは走り出し、彼女たちを連れて、いくつもの通廊やシャフトを通り抜けた。ダオ・リン＝ヘイは、オーグ・アト・タルカンとともに、ヴォイカとそのロボットから逃げたときのことを思い出した。あれも《ナルガ・サント》の船首で起きたことだった。だんだんと暖かくなり、新鮮ないい空気になってきた。わき通廊の多くから、春のようなにおいが鼻をついた。ところどころで、強い花の香りも流れてくる。だが、かれらはその区画を大急ぎで横切ると、ほとんどだれも住んでいそうにない、快適でない区画に行きついた。モンカは注意深く保安ハッチを開き、急いで簡素な部屋のひとつに入った。

「ヴィン！」かれは声をふりしぼって叫んだ。「おい、ヴィン、どこにいるんだ？　連れてきたぞ！」

かすかにくんくん鳴く声と、きしむ音が返ってきた。

「それはなんだ？」ダオ・リン＝ヘイは驚いてたずねた。

「これはショアクという飼育動物だ」モンカは答え、元気のいい膝の高さほどの動物を、ヴィンの寝床から追い出した。それは彼女たちが外側のエリアで見つけた凍った死骸に似ていたが、はるかに大きく、手入れがいきとどいた印象だった。

「ペットなの？」ゲ・リアング＝プオがたずねた。

モンカはかすかにほほえんだ。

「見方によるな」かれは考えこみながらつぶやいた。「自由民たちが飼いならして調教したんだ。ここにいる一頭は、ヴィンが手ばなそうとしない。恐がらなくていいぞ。ヴインが命令しないかぎり、攻撃することはないから」

ダオ・リン＝ヘイは新イルを簡素な寝床にそっと寝かせると、注意深く室内を見まわした。

そこは中くらいのひろさの簡素な居室だった。ランプが鈍い光をはなっている。やや明るい照明が、大きな作業台の上に設置されていた。すべての家具と床の上に、書きこみずみのフォリオが山積みになっている。壁には書類棚が設置されていて、そこにもフォリオがならび、あいた場所には工具や測定機器、交換部品が置いてあった。作業台の上方の壁にはアルドゥスタアル、すなわち三角座銀河の色鮮やかな画像が貼ってある。ショアクは作業台の下に伏せて、出来ごとを観察している。その目には、どこか深い悲しみがにじみでているように見えた。

この部屋にはつまり、ヴィンが住んでいるのだ。《ナルガ・サント》の環境を改善しようとした、ミュータントが。かれは失敗したが、それは部屋を見るかぎり、かれが勤勉でなかったからでも、派手好きすぎたからでもなさそうだ。ダオ・リン＝ヘイはすでに、ヴィンに好感と敬意を抱いていた。

「わたしたちがだれかわかるか？」彼女はモンカにたずねた。

　モンカは考えこみながら、彼女を見つめた。次に自分の姿を見おろすと、やや当惑した身ぶりをした。かれは少々、うぬぼれが強いようだ……かれの思考からそれがわかる。かれは自分とふたりの未知の女性の外見をくらべ、自分は〝ちょっぴり〟見劣りすると評価していたから。

「すぐに推測がついたよ」かれはゆっくりといった。「きみたちの外見、武器、スーツ、それにもちろん、贖罪者のホールでの行動。べつの者だったらみな、恐れをなして即座に逃げだしていただろう。それに新イルだって……」

　否定的な身ぶりをする。

「わたしはきみたちを批判できる立場にないが」かれは不安げにつぶやいた。「自分たちのしていることをわかってほしい。彼女をここに置くのは、ほんとうに危険なんだ」

「ヴィンはどこにいる？」ダオ・リンはモンカの警告には触れずにたずねた。

「わからない。かれを探しているときに、きみたちに出会ったんだ。スラマはあつかましくも、かれの前に進みでて、自分がすべての秩序を回復すると主張した。だから、ヴィンは贖罪の斜路に向かったと思ったんだ。かれは賢いやつだが、情に動かされやすい。

いつか自分の首を絞めることになりそうだ」

ダオ・リン＝ヘイはヴィンにますます好感を持った。

「かれを探そう！」彼女は力強くうながした。

モンカはその場を動こうとしない。

「きみたちはなんで、ここにきた？」かれはたずねた。「また、ちょっとばかりの物資を持ってきて、消えるつもりか？　もしそうなら、いますぐおっぽり出してやる」

「あなたたちにはもう、物資は必要ないと思うが」ダオ・リンは皮肉をこめていった。

モンカは憤慨して言葉を返そうとしたが、気をとりなおした。

「前回のあんな訪問では、われわれは幸せにならなかったんだ」かれは不機嫌そうに説明した。

「どういうこと？」ゲ・リアング＝プオはいぶかしげにたずねた。

「そのうち、きみたちもきっと気づくさ」モンカは口先まで出かかった言葉を飲みこんで、部屋を出ようと背を向けた。「ヴィンを探しにいってくる。当分のあいだ、ここにいてくれ……ヴィンの新しい居室はまだ、暴徒たちに知られていないと思うから。きみたちは外をうろつくより、ここにいたほうが安全だ。それでも、わたしなら手のとどく場所に武器を置いておくがね」

かれはダオ・リンのインパルス銃を、ヴィンの作業台の上に置いていった。

ダオ・リン＝ヘイとゲ・リアング＝プオは意味ありげに目を見合わせた。

「ここはなにもかも混乱しているようだわ」ゲ・リアングはいった。「これからどうしましょう？」

「わかるわけないだろう」と、ダオ・リン。「とりあえず、新イルのようすを見よう。正気にもどすことができるかどうか」

6

　新イルは実の名をスラマといい、退位したイルの養女だった。その退位を、ジュリアン・ティフラーとその一行も間接的に目撃していた。スラマはみずから、そのことを涙ながらに語りはじめた。作業台の端に置かれた平たい鉢から湿気ったビスケットをつかみ、口いっぱいにほおばりながら。彼女はヴィンの配給分をすべてたいらげてしまったかもしれないが、それに配慮するようすはなかった。

「ヴィンのせいよ」彼女は両ほほのビスケットをかみながら、泣きそうな顔でいった。「ヴィンが人々を煽動《せんどう》して、信仰を奪ったの……しまいにみな、なにをたよりにすればいいのかわからなくなった」

「信仰とは、イルへのか？」ダオ・リン＝ヘイは冷静にたずねた。

「それ以外の信仰は、この世界に存在しない！」スラマはいい張ると、かつての全知者を非難するように見つめた。

　彼女はいま、はじめて、ダオ・リン＝ヘイとゲ・リアング＝プオのことをきちんと認識した……この瞬間まで、彼女は自分のことで頭がいっぱいだったのだ。

「あなたたちは、いったいだれ？」彼女は不審そうにたずねた。「どこからきたの？あなたたちのようなカルタン人は見たことがないわ！」

「もっと話してくれ！」ダオ・リンがいつもよりやさしくうながした。「ヴィンがイルを退位させてから、なにが起きたんだ？」

スラマはふたりをただじっと見つめていたが、突然、飛びあがって走り去った。彼女は驚くほど足が速かった。ゲ・リアングが急いであとを追い、ハッチの前で彼女をつかまえた。

「そんなにあわてないで！」ゲ・リアングがなだめるようにいった。「こっちにきてすわって。ゆっくり話をしましょう」

だが、スラマはもう、なにもいおうとしなかった。彼女はすわりはしたが、それはただ恐れから、ふたりの侵入者に公然と逆らう勇気がなかったから、彼女たちにしたがっただけだった。断固として口を閉ざし、ひとことも話そうとはしなかった。

しかし、彼女は過去の出来ごとに思考をめぐらせずにはいられなかった。そして、自分のまわりにテレパシー能力者がいるとは知らなかった。

スラマの思考にもとづく経緯は、次のとおりだ。

イル十八世は死んだ。群衆が彼女を殺したのだ。外の贖罪の斜路で。それはヴィンのせいだ。長いあいだ、かれはイルを民衆から遠ざけていたので、イルはもう生きていないという噂がひろがった。その結果、騒乱が生じたため、ヴィンはイルを贖罪の斜路に送りだし、彼女の姿を群衆に見せることにした。

　だがこの時点まで、ヴィンはイルの世評をおとしめることに余念がなかった。そして、みずからの計画で人々を魅了すると約束した。そのうえ、イルへの信仰は、特権と物資の不平等で不公平な分配を正当化するためだけに、人為的に生み出されたカルトだとさえ主張していたのだ。

　群衆は動揺した。イルが外の斜路にあらわれたとき、彼女はヴィンに威圧され、説得力を奪われて、正しい言葉を発することができない状態だった。そのとき、人々は分別を失ったのだ。

「わたしはイルです」彼女はそれしかいえなかった。それでは不充分だった。

　だから、彼女は殺されたのだ。

　スラマはその場に居合わせていた。群衆の後方で立ちつくし、なにもいえなかったのだ。思いきって前に進みでて、イルのために演説するには、不安が大きすぎた。

　それ以降、この世界にはもはや秩序は存在しなかった。ヴィンの大仰《おおぎょう》な約束は、真っ赤なうそであることがはっきりした。かれは身をかくし、だれとも話そうとしなかった。モンカだけ、この殺人者だけは、ずっとかれにへつらっていた。

それが意味するところは当然、だれもがわかっていた。モンカがだれで、なにをしているのか、以前はだれにも想像すらつかなかった。だが、この秘密は、ヴィンが信頼をよせるこの男をスラマたちが目撃したとたん、明らかになった。それ以降、モンカの命はもはや安全ではなくなった。もっとも、当の本人は、それほどこたえていないようすだが。

　スラマはとうとうがまんできなくなった。彼女はもう充分に長いあいだ、民衆が心を変えること、そしてヴィンとモンカを死のゾーンに追いやることを望んでいた。だが、民衆はヴィンとモンカに近づく勇気はなかった。さらに悪いことに、われこそが世界を変革し、民衆を統治する天命を授かったと感じる、べつの者も出現しはじめた。

　その資格があるのはイルだけだ。

　民衆の大部分はそれがわかっていた。日に日に、声なき民衆の群れが、贖罪の斜路の前に集まるようになった。悔いあらためるため、そして待つために。

なにをかれらは待っていたのか？

それはイルの復帰だ……それ以外の説明は、スラマには考えられなかった。

なぜなら、イルは死ぬことができなかったから。彼女の肉体は滅びるかもしれないが、その精神と知識は生きつづけ、次のイルに引き継がれる。だれもがそれを知っていた。ずっとそうだったし、それがこの世界を統御する信仰であり、この信仰が虚無空間を、それがあるべき外側にとどめてきたのだ。

この世界が存在しつづけることをもとめるなら、イルが復帰する必要があった。

スラマも腰をすえて、そのときを待った。ただし、贖罪の斜路ではなく、人里はなれたちいさな部屋のなかで。そこで彼女は何日も断食し、ときおり水をひと口、飲むだけの日々を送った。そしてひたすら、イルのことを考えたのだ。


イルよ、イルよ、イルよ……


すると突然、それは起き、彼女はイルになった。

彼女はもちろん、それがそのように訪れることを知っていた。アンリナが死んでからはスラマが、それまで支配していたイルの正統な後継者だったからだ。スラマは後継者にふさわしいふるまいをするように、つねに努力した。アンリナは……そう、彼女はとても軽薄で、将来のイルとしてふさわしくないことを、いろいろとやらかした。逆にスラマは、世ばなれたしずかな生活を送り、みずからの使命をはたす準備を誠実に進めた。彼女は固く決意していたのだ。いいイルになろう、と。

そしていま、準備はととのった。イルの精神が彼女を満たした。彼女はそれを感じ、だれもが彼女を見れば、それがわかるはずだと確信した。

いまこそ、そのときなのだ。

彼女は贖罪の斜路に歩みでた。そこで待っていた者たちは彼女を仰ぎ見た。そして彼女が話しはじめると、その言葉に聞き入った。彼女はこの世界について話し、この世界において支配すべき秩序について話した。そしてもちろん、はっきりといったのだ。この世界の住民はだれひとり虚無空間と、また、虚無空間からきた者と取引をしてはならない、と。なぜなら、虚無空間は悪だから。したがって、虚無空間に由来するものも、すべて悪であるはずだ、と。

それはいい演説だったし、スラマにはそれがわかっていた。だから、そのあとに起きたことが、彼女は理解できなかった。

突然、人々は彼女の言葉を聞かなくなったのだ。群衆は叫びだし、わめきだし、やがて金属の塊りが飛びはじめた。スラマは贖罪者の門を通って逃げ、最初に見つけた部屋にもぐりこんだ。

ここでスラマの思考がとぎれた。

ダオ・リン＝ヘイとゲ・リアング＝プオは黙ったまま、顔を見合わせた。

「究極の野蛮への退行だわ！」ゲ・リアング＝プオは恐ろしそうにつぶやいた。

ダオ・リン＝ヘイはしばらく考えていた。

「そうではない」ようやく彼女はいった。「新しい時代のはじまりだ。かれらが新イルを追いはらったのは、いい兆候だ。すくなくとも、かれらはこの迷信から解放されたのだから。もちろん、もっとおだやかな方法をとるべきだったが」

「わたしたち、ここで秩序を回復できるでしょうか？」ゲ・リアングは疑わしそうにたずねた。

ダオ・リンはすこしほほえんだ。

「秩序は自然に生まれるだろう」彼女はいった。「モンカやヴィンとよく話し合わないと。このふたりはここで、それなりの影響力を持っていそうだから……いま、こっちに向かっている」

ゲ・リアング＝プオは耳をそばだてた。

ほんとうだった……モンカが通廊をくだってきた。彼女はモンカの足音を聞きわけられる。かれはひとりではない。

モンカと連れ立ってきたカルタン人男性は、半開きのハッチに深くよりかかった。

「ほんとうにきたのか」男はしずかにいった。「きみのつくり話かと思ったよ。わたしをおびきよせるための。でも彼女たち、ほんとうにここにいる。生粋《きっすい》のカルタン人だ」

かれはダオ・リン＝ヘイの目を見た。

「われわれをアルドゥスタアルに帰還させてくれるのか？」

この男はヴィンだった。《ペルセウス》が持ち帰った画像のおかげで、彼女たちにはすぐにわかった。

小柄できゃしゃな男で、《ナルガ・サント》のすべての生存者と同様にほとんど毛がなく、アルビノだった。目が異様に大きく、催眠術師のような深い目つきをしている。かれは暗示者だった。だが、ダオ・リン＝ヘイとゲ・リアング＝プオがかれを恐れることはなかった。ふたりともテレパシー能力者で、プシ・インパルスから身を守るすべを身につけていたから。

「あなたたちを帰還させてみせよう！」ダオ・リン＝ヘイは約束し、アルビノを注意深く観察した。

ヴィンは多数のちいさな傷から出血していたが、どれもたいした傷ではなかった。モンカは無言でかれを支えながら、椅子にすわらせた。寝床はスラマに占領されていたから。

「なにが起きたんだ?」ダオ・リン＝ヘイはたずねた。

「みな、頭がおかしくなったんだ」と、モンカ。「スラマがかれらから逃げたあと、かれらはヴィンに彼女のしりぬぐいをさせようとしたんだ。間一髪でわたしが到着した。だが、かれらはわれわれを追ってきた。いまもこっちに向かっている。かれらは行く手をじゃまするものはすべて破壊する」

ダオ・リン＝ヘイはそれ以上、たずねなかった。無線機のスイッチを入れ、ルーベン

・スタルに状況を伝えた。

＊

それはふつうの意味での暴動ではなく、まさにヒステリー状態だった。カルタン人たちのはげしい怒りは、特定の人物に向けたものではない……行き場のないこの怒りは、動揺と不安のあらわれだった。スラマとヴィンは、長いあいだに鬱積した攻撃心の格好の標的になってしまったが、だれかほかの者が標的になる可能性もあった。

ヒステリーにおちいっている残骸住民たちと話をしても意味がなかった。約束をするのもむだだった。なぜなら、かれらはみな、自分がなにをもとめているのか、自分でもわからないようだったから。ダオ・リン＝ヘイとゲ・リアング＝プオも当初は、かれらと話をしようと試みた。だが、かれらがあらゆる固い物体を投げつけてきたとき、その命中度の高さを痛感させられると、彼女たちは退散し、援軍を待つことにした。

そして〝暴動〟は終わりを迎えることになった。充分な武装をしたギャラクティカーの集団を突然、目の前にしたとたん、残骸住民のはげしい怒りは、瞭然とした不安に変わったのだ。

もっとも、住民たちにより強い印象をあたえたのは、《ヘラクレス》のギャラクティカーといっしょにきたカルタン人だった。数はすくなかったが、その外見は埋もれた記憶を呼び起こしたようだ。〝そのような〟カルタン人を、かれらはうつし絵のなかでしか見たことがなかった。

数分のあいだに決着がついた。残骸のカルタン人のうち、からだが麻痺した数名だけがとりのこされた。そのほかの者は逃げだし、巨大な残骸が提供する無数のかくれ場のどこかに潜伏した。

それから日がたつにつれ、かれらはふたたび、用心深くためらいながら姿をあらわすようになった。そのとき、かれらは驚いたのだ。突然、すべてが変わったことに。

かつての市民世界の通廊やホールは、明るく暖かくなった。清掃ロボットが低い音を立てて動きまわり、汚れやゴミをとりのぞいていた。食糧供給所では純白の衣服を身に着けたカルタン人が、大半はかなりぼろぼろの服をきた入来者たちを待ちかまえ、かれらを新設された医療センターに送り、掃除したばかりの居室を割り当て、衣服と毛布を配布した。そこには温かい食事、新鮮な水、果物、野菜……それに、うつし絵まであったのだ。

大きなホールにはそれぞれにスクリーンが設置されており、残骸住民たちは、かれらのために企画された映像を何時間も見てすごした。

かれらの多くは自分たちの住む世界や、この世界をとり巻く環境について、ほとんど知らなかった。自分たちの〝世界〟が残骸以外のなにものでもなく、しかも、かつてはほんとうに巨大だった宇宙船のちいさな一部でしかないとは、想像もしていなかった。宇宙、星、故郷であるアルドゥスタアル銀河……そのすべてを、かれらは子供向けの神話やおとぎ話だと思っていたのだ。

かれらの多くは、自分たちの世界を移動させようとしていることを見聞きすると、不安を感じた。興奮して長い議論をかわし、ギャラクティカーとこの未知の、大柄で毛並みのいいカルタン人たちによる大胆な計画に、心をかき乱された。

だが、かれらが喧々囂々《けんけんごうごう》と果てしない議論をつづけ、暗い一角で秘密会議を開き、イルの精神に助けをもとめ、いたるところでひそひそ話をしているあいだにも、《ヘラクレス》の搭載艇はこの巨大な残骸のまわりを旋回し、もっともひどい亀裂個所や、不安定な部位を突きとめていた。

この活動については、残骸住民たちは見て見ぬふりをすることができた。それはあくまで、かれらの世界の外側で進められていたためで、残骸のなかでの作業はそうはいかなかった。

ギャラクティカーとカルタン人の一行はちいさなグループにわかれ、仕事熱心なロボットの群れにかこまれながら、《ナルガ・サント》じゅうを移動した。なにもだれも、かれらをとめることはできなかった……死のシャフトのなかですら、かれらはおかまいなしによじ登る。測定をしては結果を《ヘラクレス》の司令室に報告した。太古の機器を修理し、新しい支柱や梁をはめこみ、配線を敷設。死のゾーンの一部さえも空気と光で満たした。その作業のなかには、残骸住民にとってはわけのわからないものもあった。残骸のカルタン人たちは複雑な気持ちで、自分たちの世界が変わっていくのを見守った。ときおり、勇気をふるってささやかな抵抗をする者もいた。しつこく食いさがる者は、ダオ・リン＝ヘイのもとに送られた。

「イルの名においていう！」かれらはいった。「すくなくとも、死のシャフトには近づくな。よくもこの場所を冒瀆《ぼうとく》できるな。われわれの祖先に敬意をはらえないのか？」

かれらは真剣に憤慨し、悲しみ……そして無知だった。死のシャフトと称されるものの実態は、上位者にすら、その大半には知られていなかった。ダオ・リン＝ヘイは彼女のところにくる者に対して、不愉快きわまりない真実を突きつけることは、意識的にさしひかえた。かれらの神経をまいらせたくなかったのだ。医療センターはどのみち、満杯だったから。

それゆえダオ・リンは、宗教的な熱意にあふれた苦情主に、こういうのだった。

「祖先の霊がいるのは外の虚無空間で、死のシャフトではない。このシャフトは、われわれに必要なのだ」

以上、おしまい。ダオ・リンと議論するのはむずかしく、彼女の意志に反して彼女から、なんらかの秘密を引きだすのは不可能に近かった。あの好奇心旺盛なニッキ・フリッケルでさえ、できなかったのだ。残骸住民たちは、ニッキよりはるかに分が悪い。

一方、ダオ・リンの同行者のなかには、残骸住民にもっと根気強く向きあう者もいた。その二名のカルタン人は、船内の環境改善にはあまりたずさわっておらず、むしろ住民の世話をした。ふたりの名はオニ・バス＝ヘイとトル・ゼンといい、住民の話に何時間も耳をかたむけた。この技能にかけては、ふたりは真の達人だったので、たくさんのことを聞きだすことができた。

「驚きました」オニ・バス＝ヘイはある晩、ダオ・リン＝ヘイの前にすわっていった。「《ペルセウス》の訪問が危機の引き金になったというのは、事実でした」

「そんなことがあるか？　あの訪問で、かれらの生活はかなり改善したのだろう？」

「そうなんですが、まさにそれを、かれらはもてあましたんです。かれらは生まれてからずっと、あらゆるものをもとめて戦わなければならず、それに慣れきっていた。ぎりぎりの生存をかけた戦いで、かれらはもう手いっぱい。自分の状況について高尚なことを考えるひまもなかった。そのうえ、あんなきびしい身分制度まで。決まった階級に生まれついたら、上の階級にのしあがるチャンスはきわめて低かった」

「そんな体制をどうやって維持してきたのだろう？　われわれの種族の者がそんな状況をがまんするとは思えないが」

「飢えというのは」オニ・バス＝ヘイは考えこみながらいった。「最強の生物でさえ、屈服させることができる、猛獣使いなんです。体制に文句をいったら、食糧の配給を減らされる……そんなかんたんなことでいい。飢えや渇き、寒さの恐怖にくらべたら、死の恐怖なんて、かれらにとってはまだ、ましでしょう」

「それが突然、なにもかも充分に、手に入るようになった」ダオ・リン＝ヘイはつぶやいた。「これでわかった」

「食糧、水、熱、光をだれもが手にできるようになり」と、オニ・バス＝ヘイ。「ヴィンという、上位の特権層の生まれでも、伝統ある家系でもない者がのしあがった。でも残骸住民の大半は、この権力交代が起きた背景の事情を知りません……かれらには、《ペルセウス》の乗員が前イルを退位させたように見えたはず。イルはそれに対して、なにもできなかった。それによって、彼女が権力を失ったことが証明されたんです。もし、彼女が民衆にとって慈悲深い支配者だったら、同情を集めたかもしれない。でも、彼女は憎まれていた。民衆は、もしも彼女をひどく恐れていなかったなら、とっくの昔に彼女を殺していたでしょう」

「じゃあ……結局、民衆が彼女を殺したのか」

「あれは不幸な事故だったんです」オニ・バス＝ヘイは冷静に語った。「われわれの到着前であれ、あとであれ、起きうる事故でした。すくなくとも当面は、そう考えたほうがいい。いま、だれに罪があるかを探っても、あらたな騒乱を引き起こすだけ。われわれにはヴィンが必要なのです。モンカも、そのほかの者たちも。ここでは、ほぼふたりにひとりが、われわれの目からすると、法や秩序に反することをしているんですから」

「そういえるかもしれない」ダオ・リンはため息をついた。「たしかにそのとおりだ……そんなことをしているひまはない。カルタン当局にまかせよう」

いつか、われわれがこの残骸でカルタンにたどりついたら。そう、彼女は頭のなかでつけくわえた。

「ほかになにか聞きだせたことは？」ダオ・リン＝ヘイは声に出してたずねた。「かれらは惑星での生活になじめそうか？」

「全員は無理ですね。時間もかかりそうです」オニ・バス＝ヘイはきびしい顔で答えた。「でも、全員をすぐに《ナルガ・サント》から連れだす必要はありません。船内に快適な生活条件をととのえられますから。最初は周回軌道にとどまっていてもいい。多くの者は時がたてば、自然に環境に順応するでしょう。もしだめでも……その子供たちは順応できる」

「医学的には心強い所見が得られた」と、ダオ・リン＝ヘイ。「毛や爪がなくなったのは、かたよった栄養と、光と新鮮な空気がなかったせいだ。これは解消できる。成人の場合は、この変異が完全にもとにもどる者はあまりいないだろうが。次の世代になれば、もうそんな変異はほとんど見られなくなる」

「いいかえれば、われわれが改修工事を終わらせるだけでいいんですね」

ダオ・リン＝ヘイはほほえんだ。

「それもそんなに長くはかかるまい」彼女はそう見こむ。「ルーベン・スタルとその一行が、猛烈な勢いで作業をしているから」

「かれらの助け合いの精神には驚かされます」と、オニ・バス。

「これはかれらが引き受けた任務だ」ダオ・リンは皮肉な口調でいった。「早く作業を終わらせて、ここをはなれるために急いでいるのだ」

それも無理はない、と彼女は思った。ここ、ポイント・シラグサ付近は天の川銀河から三十万光年ほどはなれており、ペリー・ローダン一行の成否についてなにも聞こえてこないからだ。

ダオ・リン＝ヘイはだれにも漏らさないように気をつけていたが、彼女自身も同じ思いに悩んでいた。彼女はカルタン人で、自分の種族の味方である。一方で、生粋の宙航士でもあった。そして彼女はいまも変わることなく、つきない好奇心に満ちている。

彼女はふと考えた。アルドゥスタアルではいま、どんな宇宙船が建造されているのだろう。

7

エンジンがとりつけられた。《ナルガ・サント》は計算上では、荷重に耐えられるはず。試運転は目前だ。

残骸の住民たちは、奇妙な気分に襲われていた。ヴィンやほかの迷信に囚われない者たちも、平静をよそおってはいたものの、内心は不安だった。それ以外の者たちは不安をかくそうともせず、あからさまに、神への冒瀆だ、世界の終わりだと口にした。

この状況で、ダオ・リン＝ヘイがスラマを彼女たちの側に引き入れることができたのはさいわいだった。

〝新イル〟は、いろいろと珍奇な信条をひきずっていたが、それは彼女にはどうしようもないことだった。彼女の脳みそには幼いころから、さまざまな迷信じみた、ばかげた考えが詰めこまれていたからだ。そのような考えから脱却するには、長い時間とむずかしい治療が必要で、いまの状況ではそのための時間も適切な手段も望めない。それでも彼女は、自分が〝わが〟種族の模範にならなければいけないと、深くかたく信じていた。

ダオ・リン＝ヘイがスラマに、長旅が必要であることを説得しようとしたとき、ヴィンとゲ・リアング＝プオが彼女に助力を申し出た。彼女は何度もこの申し出を受け入れようと思いはしたが、結局、プシオン力にたよることなく、スラマを彼女たちの計画に引き入れることができたのだった。

ダオ・リン＝ヘイはそれをとてもよろこんだ。

スラマはいろいろ欠点はあるにせよ、残骸住民のひとりであり、ヴィンとはちがって革命的な夢想家といった悪評も立っていない。とくに演説にすぐれてはいなかったが、残骸住民が理解できるように話をすることができた。彼女は言葉を慎重に選び、彼女自身が信じることを語るときは、非常に説得力があった。もし、もっといい時期に最初の登場をはたしていたら、彼女はイルとしても大きな成功をおさめていただろう。

だが、スラマでも奇蹟を起こすことはできなかった。彼女は苦難をともにする同胞たちに対し、この計画が必要であると納得させることはできた。だが、だからといって残骸のカルタン人たちが、熱狂的に計画を支持するようになったわけではない。

「イルよ、助けたまえ！」その日はどの部屋からも、この声が聞こえてきた。新設された情報チャンネルのすくなくとも数回線を、こうした嘆きの声から解放し、情報伝達のために開けておくのにも苦労したほどだった。

暫定的に設置された《ナルガ・サント》の司令室には、ダオ・リン＝ヘイとその十二名の同行者のほか、残骸のカルタン人住民も数名、集まっていた。ヴィンの顔もあった。モンカと、《ヘラクレス》で速成訓練を受けた三十数名もいた。スラマも同席する。不安そうに待つ《ナルガ・サント》の住民たちに、新しい情報を伝えるためだ。彼女はいわば、乗員のスポークスパーソンのような役割をつとめる。

試運転がはじまると、またしても残骸住民たちの期待に反することが起きた。最初の数秒間、古い残骸のなかで、なにかがきしんだり、折れたりするような音がつづいたのだ。かれらの世界は破裂し、内部のものはすべて虚無空間に散り去ってしまうのではないか……そう思った住民もすくなくなかった。だがその後、音はしずまった。エンジンからも、ほとんど音が聞こえなくなった。ギャラクティカーと、ダオ・リン＝ヘイらカルタン人のグループは、完璧な仕事をしたのだ。

そのあとの試験中は、残骸のカルタン人たちもある程度、おちついて待つことができた。それどころか、大声で不安をあらわにした住民は、やや勇気にまさる同胞たちの嘲笑に甘んじるはめになった。

ほどなく、《ヘラクレス》は別れを告げた。ギャラクティカーたちはフェニックスへの帰路についたのだ。こうして奇妙な外観の《ナルガ・サント》の残骸は、アルドゥスタアルへの長い旅に出発したのだった。

8

旅は、いくつかのささいな内部の問題をのぞけば、ほぼなにごともなく進んだ。

ダオ・リン＝ヘイとその同行者たちは、残骸のカルタン人住民が惑星での生活の準備をととのえられるよう、力を尽くした。それには、住民たちが準備で忙しくすることで、最初の興奮が過ぎ去ったあとにひろがる退屈に、対処できるようにする思惑もあった。《ナルガ・サント》の住民たちは驚くほど、生産的に働こうという気持ちに欠けていた。定職のある者はきわめてすくなく、大半の者は日に数時間しか働かなかった。住民の食糧は《ペルセウス》と《ヘラクレス》から供給された備蓄物資によって確保されていた。かれらは自分の分け前を消費すると、食事と食事のあいだの時間を、寝たり、さまざまなゲームに興じたり、またはたがいに争ったりしてつぶしていた。

ダオ・リン＝ヘイたちにとって、これは深刻な問題だった。彼女たちは残骸住民に必要なだけ、休息やレクリエーションを享受させていたが、そのうち問題が生じることは目に見えていた。そこで彼女たちは《ヘラクレス》にある資源を活用して、残骸住民の状況に配慮した、専用の研修プログラムを策定した。これは理論にとどまらず、かれらに今後の生活にそなえさせ、知識のはなはだしい欠落を埋めることを目的とした内容だった。

残念ながら、住民の大部分はこの研修に興味を持たなかった。とくに上位者とかつて市民階級だった者たちの多くは、これまでどおりの生活をつづけられたら充分だと考えていたのだ。

ダオ・リンは、かれらにそう思わせておいた。なぜなら、彼女とその数少ない支援者は、この奇妙な宇宙船の機嫌をたもつのに充分に忙しかったから。彼女は心のなかで思った。《ナルガ・サント》が目的地に到着すれば、実地での生活が、かれらの頑固きわまりない頭も目ざめさせるだろう、と。その一方で彼女は、参加に連動したボーナスをえさに、頑固な怠け者たちを研修プログラムにおびきよせることも試みた。

そうしてテラ時間で六週間半がたち、《ナルガ・サント》は三角座銀河に到達した。

この銀河、すなわちアルドゥスタアルにはかつて、〝はるかなる星雲〟に面する側に、数々のカルタン人の植民惑星があった。そこで乗員たちは大きな期待をいだきつつ、ルーベン・スタルが惑星アスポルクで買いもとめた、古くて性能もさほどよくないハイパー通信装置を作動させた。この装置の通信距離はとくに長くはなかったが、すくなくとも、もっとも近傍のいくつかの植民惑星には充分にとどくはずだった。

だが、それは思いちがいだった。ただし、だれからも応答がないのは、通信装置のせいではない。装置は申し分なく作動し、呼びかけは発信されたが、それを聞いて応答しようとする者はだれもいないようだった。

ダオ・リン＝ヘイは熱い目でアルドゥスタアルの星々を見つめた。これほど近くに見えるのに、連絡はとれないままだ。彼女は巨大なこの残骸の緩慢さを恨み、《ヘラクレス》がのこしていった唯一の搭載艇は、長距離の調査飛行には適していないという事実を恨んだ。

コロニーはどうなったんだろう？　放棄されたのか、それとも、とっくに滅びてしまったのか？

ハンガイ銀河の最後の四分の一が遷移したことによって引き起こされたカタストロフィは、ここアルドゥスタアルでも深刻な変化をもたらしたようだった。

《ナルガ・サント》がひたすら航行をつづけるなか、船内の雰囲気は悪化していた。数人の頑固なイル崇拝者が、大まじめに引き返すことを要求しはじめたのだ。かれらは高慢にもあらゆる研修を拒否したため、自分たちのいっていることが、まったくわかっていなかった。この要求にスラマが同調しなかったことから、かれらはイルの殺害を画策。彼女は退位したと宣言したが、このたくらみは失敗に終わった。それ以降、船内にはふたりのイルが存在することになった。それぞれの崇拝者からなる、ふたつのグループが形成され、一触即発の状態だった。

　惑星カルタンまではまだ、およそ千二百光年の距離がある。

《ナルガ・サント》はいま、ちいさなジャンプをくりかえしながら、ゆっくりと航行している。何度も通常宇宙にもどっては観測し、探知し、コースを再計算する。それと並行して、ハイパー通信でカルタン人の植民惑星や宇宙船にコンタクトをもとめつづけた。呼びかけに応える者はいなかった。

だが、やがてある宇宙船があらわれた。

*

かれらは忽然《こつぜん》とあらわれた。まるで魔法で出現したかのように、司令室のメインスクリーンにうつしだされた。宇宙の暗闇と、冷たく光るアルドゥスタアルの星々にかこまれて。その姿を見てダオ・リン＝ヘイは、だれかに背後から氷のように冷たい水を、頭から浴びせられたような感じがした。

　このタイプの船を彼女は知っていた……知っていたのは彼女だけではない。

「この型の船はとても性能がいいから」と、オニ・バス＝ヘイ。このとき司令室にいたのは、ゲ・リアング＝プオのチームからは彼女だけだった。「カルタン人が購入したのかしら……それとも、設計を評価して、カルタン人が採用したのかも」

ダオ・リンはなにもいわなかった。彼女にはわかっていた。オニ・バスは、自分とほかの者をおちつかせようとしているだけだ、と。純粋に論理的に考えれば、彼女の説もありえたかもしれない。だが、ダオ・リン＝ヘイは、そのようななぐさめの推測にふけりようがなかった。彼女は感じていたのだ。これは異星の船だ、と。

「あれはハンガイ＝カルタン人だ」彼女はしずかにいった。「そう感じる。それに、かれらはここへ表敬訪問にきたわけではない！」

彼女はオニ・バスを見た。そして、司令室で働くおよそ三十名の残骸カルタン人を。

彼女は考えをめぐらせる。《ナルガ・サント》は現状では完全に無防備だ。火砲はかなりの数があったが、エネルギー切れで使えない。銃は数十挺《ちょう》。それではたいした助けにならない。

たりないのは武器だけではなかった。戦いの心得のあるカルタン人も不足していた。

五隻の大型のトリマランが肉食魚のように、巨大な残骸のまわりを旋回している。船は《ナルガ・サント》にくらべればかわいい大きさだが、ひとたび砲撃をはじめたら、ダオ・リンたちがこの数週間につくりあげてきたものを、すべて水の泡にする力がありそうだった。

なにをしに、ここにきたんだろう？　《ナルガ・サント》を潰滅させるためか？

おそらく、かれらはハイパー通信を傍受して、好奇心をそそられたんだろう。つまり、宇宙のお騒がせ者を見にきたのだ。かれらはまず、この大きさに驚いたにちがいない。だが、かれらの探知装置が、見るからに高性能なかれらの船から期待されるとおりにすぐれていたら、この獲物は身を守ることもできないことが、すぐにわかったはずだ。いや、かれらは《ナルガ・サント》は破壊しないのではないか……いまのところは。船内に踏みこんで、価値のありそうなものを運び去る気だろう。

そう考えるとダオ・リン＝ヘイは、危険な状況にもかかわらず、思わず苦笑した。この残骸はその威圧的な大きさとは裏腹に、どんな宙賊にとっても獲物にするにはふさわしくなかったから。

あそこに宙賊がいることはまちがいない。彼女はかれらの貪欲さを感じとっていた。

すると突然、司令室に低くきびしい声が響きわたった。それは聞きなれない、でも理解できるカルタン語だった。

「わたしの名はフェング・ル」その声はいった。「わたしはカラポン帝国の、支配者であらせられる、皇帝陛下の、全宇宙艦隊の大提督であり、最高司令官だ」

その声は意図的に間を置いて話し、言葉の印象を強めた。残骸カルタン人はそのような肩書にはなじみがなかったため、怪訝そうに顔を見合わせた。ダオ・リンは嘲笑を浮かべた。どんなにたいそうな肩書をならべあげても、かれらは招かれざる客の本性をかくしおおせはしない。

その見解がまちがっていないことを、フェング・ルは彼女にしめした。次に発した言葉で、かれがどのような精神の持ち主かがはっきりとわかったから。

「無防備な船の残骸にいるきみたちを、われわれの支配者の名において保護してやろう」かれはいった。「われわれを友好的に歓迎するよう忠告する。いかなる抵抗もむだだ」

オニ・バス＝ヘイはスクリーンを見つめ、声を荒らげた。

「友好的に歓迎しろですって？」彼女は憤慨していった。「歓迎してやろうじゃないの！　かれの目の前で、花火でもお見舞いしてやるわ！」

「だめだ！」ダオ・リン＝ヘイはおだやかにいった。「そんなことをしても意味がない。かれらは、われわれよりすぐれている。べつの方法を考えないと！」

「それなら」オニ・バスは不機嫌そうにいった。「花輪でも編んでやりましょうか？」

ダオ・リンがマイクロフォンの前に立った。

「あなたたちを歓迎する」彼女はゆっくり、はっきりと述べた。「ただ少々、お待ちいただきたい。来客の準備がととのっていないので。お気づきだと思うが、これは船の残骸だ。安全な道に案内するから、そこで待っていてくれ」

「助けなどなくても入れる！」フェング・ルは高慢な声でいった。

「いま入られると、船が壊れるかもしれないのだ！」ダオ・リン＝ヘイは指摘する。

「それはカラポンの支配者の意にかなわない。違うか？」

「それはきみが判断することではない！」フェング・ルはいきりたったが、こうつけくわえた。「急いでやれ。そう長くは待てないぞ」

　ダオ・リン＝ヘイは通信装置を切ると、司令室を見まわした。

「では」彼女は小声でいった。「かれらを船内に入れよう。あなたたちはここにいてくれ。かれらがきたら、礼儀正しくすること。ばかなまねはしないように……不必要な流血は避けたいから。わたしが来客に対応する」

　彼女が司令室を出ると、うしろから不満そうなつぶやきが聞こえてきた。声をあげたのは残骸カルタン人のひとりだった。

「彼女はもっと勇敢だと思ってたのに！」

「おだまんなさい！」オニ・バス＝ヘイはすぐに怒っていった。「彼女はちゃんとわかってやっているわ。あの宙賊たち、ダオ・リン＝ヘイになめた態度をとったことを、いまに後悔するから」

＊

「わたしも同行する！」ヴィンは力強くいった。「かれらに影響をあたえられるかもしれない。そうすれば、早くやつらを厄介払いできる」

「きてはだめだ」ダオ・リン＝ヘイはしずかに、しかしきっぱりといった。「あなたがかれらに影響をあたえられそうだから、きてはいけない。あなたはできるかぎり、姿を見せないように。ゲ・リアング、あなたも！　この残骸は充分なひろさがある……どこかにかくれてくれ！」

「いったいなぜだ？」ヴィンは憤慨してたずねた。「わたしは臆病者ではないぞ！」

「もちろん、そうではない」ダオ・リンはなだめるようにいった。「だが、あの宙賊はハンガイからやってきた。あそこの者はすでに数百年前に、プシ能力を探知し、阻止し、その持ち主を突きとめる能力を持っていた。あの招かれざる客がそのような手段を使えないことが、ぜったいに確実だといいきれないかぎり、あなたたちはかくれていてくれ」

「それはあなたも同じでしょう！」ゲ・リアング＝プオは指摘した。

「だれかが確認しないと。かれらがそのような手段をもっているかどうか。そして、かれらがなにをたくらんでいるか」ダオ・リンははねつけた。「もう、議論は終わりだ！　ヴィン、ゲ・リアング……信頼できる者を数名かき集めたら、行ってくれ。わたしはこのごたいそうな大提督を歓迎しにいく」

かれらは立ち去り、ダオ・リンは迎えに出た。残骸カルタン人の何名かが彼女に同行したが、彼女は同行者の数があまり多すぎないように気をつけた。彼女はフェング・ルを威圧したいとは思わなかった……まったくその逆だったから。

かれは十二隻の搭載艇で、二百名の兵士を引き連れてやってきた。兵士はひとりひとりが、最新兵器をそなえた歩く武器庫のようだった。一団の軍装は、画一的だが華やか。かれらはもちろん防護服を着用していたが、残骸の住民たちの貧相な装備に気づくと、華麗ないでたちを披露したい誘惑にあらがえなかった。

ダオ・リンはそんなかれらの行動を、表情ひとつ変えずに眺めていた。冷たい目で、敵を冷静に観察する。

この異人はカラポン人だと称していた。だが、ダオ・リンはかれらを、きびしく統制されてはいるが、よくいるふつうの私掠船の乗員だと見ていた。かれらはオレンジイエローのコンビネーションに幅広の黒いベルトをしめ、ライトグレイのハーフブーツをはいていた。背が異様に高い。その自信にあふれた傲慢な態度は、かれらが敗北に甘んじる事態に慣れていないことを示唆《しさ》していた。

この一団の統率者がだれであるかは、最初から疑いようがなかった。フェング・ルは部下のうしろにかくれる気配がなかったから。ただし、その態度はこの場面では、とくに勇敢であることをしめすしるしにはならない。残骸カルタン人はだれひとり、武器らしく見えるものは持っていなかったから……そうするように、ダオ・リン＝ヘイがとくに配慮していたのだ。

「きみたちの指揮官のところに案内しろ！」フェング・ルがぶしつけに要求すると、かれの兵士たちは迫力に欠ける歓迎団に、これ見よがしに武器を向けた。残骸カルタン人たちは不安そうに目を見合わせ、慎重にあとずさった。フェング・ルはダオ・リン＝ヘイに目を向けた。

彼女がかれの目をひいたのは当然だ……それは容姿のせいだけではない。かれは彼女の、黒い渦状銀河のシンボルマークがついた純白のコンビネーションを知っているようだった。彼女は意図的に自分の衣服を、残骸住民たちに合わせることを避けていた。かれが残骸カルタン人のだれかに声をかける気にならないように。

「こいつは驚いた！」と、フェング・ル。「生粋のメエコラー＝カルタン人だ！　きみのような者にここで会うとは夢にも思わなかったよ！　きみがこの憐れな一団の女指揮官か？」

「そうとも呼べるだろう」ダオ・リンは慎重に応じ、〝女指揮官〟や〝憐れな一団〟というかれの言葉を彼女がどう思ったかは、ひとまず置いておいた。

「どこからきた？」フェング・ルはたずねた。「なにをしてるんだ、この……残骸で？」

かれの言葉は、これがほんとうに残骸なのか、あまり確信が持てないように聞こえた。だが、かつては堂々たる姿だった《ナルガ・サント》のこの憐れな一部分を、残骸という以外にどう評価できるだろう？

《ナルガ・サント》……彼女は注意深く、フェング・ルの思考を盗み読んだ。そこには、この名前はなかった。ダオ・リン＝ヘイの名はどうだろうか？　《ナルガ・サント》をおぼえていないなら、かつての全知者の名前は、その何倍も確実に忘れているはず。

「この船は」と、ダオ・リン＝ヘイ。「消えてしまったのだ……はるか昔に。その残骸を、われわれは偶然、アルドゥスタアルの外側の空虚空間で見つけたのだ。船内に生存者がいたので、その者たちを惑星カルタンに帰還させるところだ」

　フェング・ルは彼女を鋭い目つきで見つめた。かれは確信していた。この鋭いかれのまなざしが彼女に注《そそ》がれているかぎり、彼女は自分をだまそうなどと思えないだろうし、だませはしない、と。

「あなたたちは、カラポンからきたといったか？」ダオ・リン＝ヘイは、実際よりも不安げに見えるように気をつけながらたずねた。

「カラポンを聞いたことがないのか？」

　かれは彼女を見た。すると突然、かれの表情がこのうえなく尊大になった。ダオ・リンは心のなかで笑った。このゲームに彼女はすでに勝っていたから。

「ないんだ」明らかに不思議そうな顔をして、彼女はいった。「カラポンはここ、アルドゥスタアルにあるのか？」

フェング・ルは笑った。「もちろん、違うさ！」かれは見くだしたようにいった。「そうでなきゃ、皇帝がいるか？ わたしも大提督か？ だが、よく考えたらありえるかもしれん。きみはあのカルタンの女集団に属しているんだな？」

「そうだ」と、ダオ・リン＝ヘイ。彼女はこのテーマについてふつうならもっと発言していたかもしれないが、それをぐっとおさえた。

「それなら、きみは新しい環境に慣れたほうがいい」フェング・ルは勧めた。「高位女性は落ちぶれた。もう長くはないし、きみたちの女の帝国は崩壊する。そうなったら、きみたちが秩序をとりもどすには、たのもしい男が何名か必要になる」

この言葉の意味をダオ・リン＝ヘイは考えた。きっとカラポンの皇帝は……その者がほんとうに皇帝で、たんなるふつうの宙賊でなければの話だが……カルタンとそれに属するすべての惑星を、奪取しようとしているのだろう。だが、高位女性たちはそれを黙って見過ごしはしない……もちろん、わたしだって！

「きみはきっと長いこと、故郷に帰っていないんだろう？」フェング・ルはたずねた。「旅に出てもう、どれくらいになる？」

「とても長い」ダオ・リン＝ヘイはゆっくりと答えた。フェング・ルはどれくらいの長さを想像しているだろうか。およそ七百年とは、きっと思っていないだろう。

「ならば、きみは悪い意味で驚くことになるぞ」カラポン人はいった。「カルタンは終わりだ。高位女性を支持する者はもういない。あの腐った体制が崩壊するのは時間の問題だ」

ダオ・リンは、かれがこのテーマにすこし長く言及しすぎると思ったが、かれがいっているのがうそかほんとうか、彼女には判断できなかった。かれ自身はさほどくわしく知らないように思われた。おそらく、どこかで小耳にはさんだ噂を、そのまま伝えているだけだろう。

それはともかく、彼女にはまだ、カラポン皇帝の帝国がどこにあるのかわからなかった。

「あなたたちの助けが必要になったときのために、どこであなたたちを見つけられるのか、知っておきたい」彼女はさりげなくいった。「カラポンは……」

フェング・ルは声をあげて笑った。

「カラポンのことは忘れろ」かれは愉快そうに、同時に見くだすようにいった。「きみたちには遠すぎる」

ということは、帝国はおそらくアルドゥスタアルの外側で、カルタン人勢力であることから、ハンガイ銀河にあると考えられる。

「きたければ、ベントゥ・カラパウにくればいい」フェング・ルはつづけた。「そこにわたしと部下がいるから。よろこんで助けてやるよ！」

〃それだ！〃ダオ・リンは心のなかで叫び、フェング・ルがあげた名前をしっかり頭に刻みこんだ。

ベントゥ・カラパウ。そこがこの宙賊のアルドゥスタアルの基地なら、彼女はそのうち、ほんとうにフェング・ルを訪れるかもしれない……《ナルガ・サント》襲撃の仕返しをするために。だが、それは急ぐことではない。

「これからどうやって、われわれを助けてくれるつもりだ？」ダオ・リン＝ヘイはたずねた。

フェング・ルは彼女を見つめ、頭をひねった。彼女はほんとうにばかなのか、それとも、かれを口車に乗せようとしているのか、と。だが、かれには彼女にそんな能力があるとは思えなかった。

「船内をまず、拝見しよう」フェング・ルはていねいにいったが、その目には貪欲な光が宿っていた。「そのあとで、どうするか決めることにする」

かれの目当てはなんだろう？

〃巨大な船！〃彼女がこれまでにかれの思考から読みとれたのは、それだけだ。彼女にはかれの思考の文脈さえ、よくつかめなかった。

巨大な船……かれはなにかを探しているが、それは船そのものではなさそうだった。《ナルガ・サント》がそれに関係しているのかどうかすら、かれにはまだ、はっきりしていないようだ。

かれは早く捜索をはじめたいのか、いらいらしてきたが、ダオ・リン＝ヘイは驚かなかった。彼女はずっと、かれがそのうち宙賊らしさを発揮しはじめるだろうと待っていたからだ。

「根こそぎ探せ！」かれは部下に向かって叫んだ。「しっかり見るんだぞ！　すべてわたしに報告しろ！」

なにを〝探そう〟というんだ？　ここでいったいなにが行なわれるのだろう？

9

「盗賊団め!」オニ・バス＝ヘイはひとりごとをつぶやいた。とてもちいさな声で。フェング・ルは地獄耳だったから。

かれは暫定的に設置された司令室のまんなかにすわって足を伸ばし、汚れひとつないライトグレイのブーツをスイッチコンソールの上にのせ、上機嫌なようすだった。右手に重いインパルス銃をもち、銃身はダオ・リン＝ヘイに向けられている。それでも、さほど精確に狙いを定めることはない。かれはこの状況下では、追加的な見張り役を司令室に呼ぶ必要もないとみなしたようだった。

フェング・ルは、自分と環境に満足しているカルタン人という印象だ。ダオ・リン＝ヘイを見て微笑すら浮かべている。かれはときおり、《ナルガ・サント》じゅうを嗅《か》ぎまわる部下たちの報告に対応する。

捜索のあいだ、かれの一団はあまり配慮のない態度だった。残骸住民の住居に容赦なく力ずくで押し入り、乏しい所有物をひっかきまわした。そのさい、多くのものを破壊したが、弁償もしない。ところが、かれらは通常の意味での掠奪品を掘り出すようすはなかったのだ。

《ペルセウス》と《ヘラクレス》が救援物資をとどけたにもかかわらず、《ナルガ・サント》の住民は依然として、信じられないほど貧しかった。全員分の食糧はあったものの、それは簡素な食べ物だった。この船にはどこを探しても、おいしい食べ物などなかった。技術的な設備はさらにひどい状態だった。残骸住民たちはもうずいぶん昔に、《ナルガ・サント》内にある物品を修理する方法を忘れていたからだ。それでも、かれらはかろうじて切り抜けてきた。これほど長いあいだ、なんとかなってきたことは驚きだ。だが、外部からの支援がなければ、さすがにもう長くはもたなかっただろう。

ここにあるものといえば、簡素な日用品、凝縮口糧、何度も再処理施設を通過したため、なんの味もしない水、使い古してだめになったビデオ装置が数台、大量のくず鉄……カラポン皇帝のりりしい宙賊の戦利品としては、ものたりないものばかりだった。だが、かれらが気にするようすはない。ひたすら探しつづけている。ただ、かれらの機嫌はしだいに悪くなり、そのとばっちりを食うのは残骸住民だった。

すくなからぬ住民たちが、ささやかな財産を守ろうとした。スラマもそのひとりで、もっとも有名な、最初の被害者になった。カラポン人たちは彼女の至聖所に侵入すると、新イルを象徴する品々をむしりとりはじめた。この無遠慮な強奪者に、彼女は破れかぶれの勇気をふりしぼって飛びかかった。強奪者のひとりに撃たれ、発見されたとき、スラマは板のように硬直していた。麻痺が消えるまで十六時間近くかかったが、そのあいだも彼女は極度の不快と苦痛を強いられた。

その後の数時間で、残骸カルタン人の多くが同様の体験をした。無礼な侵入者に対するかれらの怒りは、高まるばかりだった。

「ここを出て、みんなと話をしてきてくれ！」ダオ・リン＝ヘイは、することもない司令室でぼんやりすわっている仲間たちに命じた。「冷静さを失わず、おちつくようにいうんだ。カラポン人を挑発しないように、と……そうしないとまずいことになる」

この言葉を、フェング・ルはおもしろそうに聞いていた。

「ずいぶんと冷静じゃないか！」かれは誉めた。「きみには正直、驚かされるよ。もし、わたしの部下に同じことが起きたら、おちつけなんてとても命じられない。もちろん、命令はできるが、かれらがしたがうわけがない。わたしの部下なら、そんな命令はきっと屈辱だとみなすから。外の連中はそんな命令に、ほんとうにしたがうのか？　きみの権威はそれほど大きいのか？」

それはダオ・リン＝ヘイ自身が知りたいところだった。まさにその理由から、彼女は仲間たちを送りだしたのだ。この外ではいま、だれもが一定の冷静さと思慮深さをたもつことが必要だ。それに、フェング・ルも、この部屋で二十名近くを監視する必要がなくなり、敵がひとりだけに減れば、注意力が多少は低下するかもしれない。
なにより彼女は、同胞の気性がはげしいことを知っていた。フェング・ルは短気な男だ。彼女自身は自制できていたが、ほかの数人はほぼ、がまんの限界に達していた。外でなら、かれらが万一、カラポン人の兵士を攻撃しようとしたとしても、まだましなあつかいを受ける。フェング・ルはそのような騒動を想定しており、ある程度、冷静に受け入れられるから。その攻撃がもしここで、大提督であるかれに向けられたら、違った反応を見せるだろう。

「まあ、考えてみれば」フェング・ルはインパルス銃を一ミリメートルも動かすことなく、冷静につづけた。「きみたちはカルタン人だからな」

「あなただってカルタン人だろう！」

フェング・ルは爆笑し、椅子から転げ落ちそうになった。

「わたしはカラポン人だ」おちついてから、かれはいった。「われわれカラポン人は誇り高く勇敢だ。だれもわれわれに抵抗できない。それにくらべ、きみたちカルタン人は……」

かれは侮辱的なジェスチャーをした。

ダオ・リン＝ヘイは自分の爪を、皮膚のなかにむりやり引っこめなければならず、痛みがはしった。

「わたしの種族のなにを知っているというんだ！」彼女はあざけるようにたずねた。「惑星カルタンはもちろん、われわれのどの惑星にも行ったことがないだろう！　どうしてわかる？」

「きみたちのことはよく知ってるよ」フェング・ルは蔑むようにいった。「高位女性は権力を失った。きみたちの帝国は、政治は混乱し、経済は破綻している。だから、われわれカラポン人はここ、アルドゥスタアルにやってきたんだ。きみの種族が抵抗できるとは思えない。きみたちの大いなるカルタンはもうすぐ、カラポン帝国の一部となる」

「つまり、カルタンを征服しにきたというわけか？」

「征服？」フェング・ルは笑った……かれはとにかく、よく笑う。「あそこに征服するものなんて、そんなにないだろう。残念だよ。わたしはちゃんとした戦いをしたいんだが。そうすれば、名誉と功績を得られるから。強い敵を征服するのは悪くない。だが、カルタンはかんたんに手に入るだろう。なにもむずかしいことはない。ほんの数日だ。われわれにとっては散歩に行くようなもんだ」

ほんとうにそれほど容易なら、かれはいま、きっと《ナルガ・サント》ではなく、カルタン星間帝国の主惑星にいるだろう。そして、ヘイ一族のような名家の大きく立派な邸宅で、野蛮な豪奢《ごうしゃ》さにつつまれている……この男のような宙賊の提督と、領主気どりのその態度には、ぴったりの光景だ。

ダオ・リンはそう考え、カルタンの状況に関するフェング・ルの説明はきっと、征服者を夢みる者にありがちな、希望的観測だろうと結論づけた。

とはいうものの、彼女に確信があるわけではなかった。かすかな不安が消えず、彼女はカルタンのことを考えるたびに、胃のあたりにちいさく冷たいしこりのような不快感をおぼえた……それはとても頻繁に起きていた。

「カラポンはハンガイ銀河にあるんだろう？」彼女はこの憂鬱なテーマからはなれようと、やにわにたずねた。「ハンガイ＝カルタン人のことは、聞いたことがある」あからさまにとぼける。「とても強大だそうだな」

「ハンガイ＝カルタン人はもういない」フェング・ルは侮蔑するようにいった。「かれらが強大なんていうのは、たぶんに誇張だろう。あの社会はすっかり堕落し、分裂した。いま、存在するのはちいさいグループばかりで、たがいに争っている。ほんとうに強大なのは、カラポンだけだ」

べつのグループに訊いても、きっと同じことを主張するだろう、とダオ・リン＝ヘイは思った。

その瞬間、フェング・ルが通話を受けた。

すこし前からかれは、捕虜の監視が甘くなっていた。ダオ・リン＝ヘイは従順をよそおい、カラポン帝国のこの大提督を戦闘不能にしようとするそぶりも見せなかった。すでに何度か、しばし立ちあがっては足をほぐしてみた。かれは最初のうちは毎回、警戒してどなり、武器を振りまわしていたが、もうそれをしなくなっていた。

彼女がまた立ちあがると、かれは短い不審そうな視線を投げただけだった。彼女は温和な笑みをたたえながら、かれの思考を読むと、侮蔑のインパルスが感じられた……カルタン人……女どもの種族め。意気地なし。わたしがもし、彼女だったら……

彼女は視線も動きも反応しないようにした。彼女がかれの思考を読めることを、まだかれは知らないし、できるだけ知られたくはない。

いずれにせよ、かれは彼女をみくびっており、まったく危険はないと思っている。だから彼女もすこしずつ思いきった行動に出ることができ、じわじわと行動範囲を拡大しても、かれは気にしないようになってきた。そして好機が訪れたのだった。

彼女はハッチから通廊に出た。思わず、安堵のため息をついた。思いあがったカラポン人がずっとそばにいることに、彼女はいらだっていた。その理由のひとつは、フェング・ルがカラポンのなにかの香水をふんだんにつけてきたためだ。かれはまるで安物香水の工場のようなにおいがした。

通廊の空気は、司令室内とくらべれば、すばらしく新鮮できれいだった。

ダオ・リン＝ヘイがほっとして深呼吸をしていると、ほとんど聞きとれないようなかすかな音がした。左側から聞こえてくる。すると彼女の目の端に、暗いすみでおぼろげな影のようなものがかすかに動くのがうつった。ドアのすぐ横だ。彼女はそのドアを知っていた。

彼女はフェング・ルの視界から脱するため、横に数歩、移動した。

「外でなにをしている？」すぐにカラポン人が叫んだ。「すぐにもどれ！」

「あなたの前ではできない用を足したいのだ」ダオ・リンは答え、急いで影のような人影に合図を送った。「あなたが悪臭に鈍感なら、そこでしてもいいが」

「きみたちカルタン人は面倒くさいな！」フェング・ルはぶつぶついいながら、早足で近づいてきた。「なんでそんな、まわりくどいいい方をするんだ？」

ダオ・リンは冷や汗をかいたが、人影が音もなく例のドアの向こうに消えると、ようやく安堵した。フェング・ルは彼女の横に立ち、あたりを見まわした。

「ドアはどれだ？」かれはぶっきらぼうにいった。

「それだ！」ダオ・リンはいい、指をさした。

「なら、行ってこい。急ぐんだぞ」フェング・ルは勧めると、無線機に手をやり、話しはじめた。かれは十名の部下を司令室に呼んだ。ようやくいま、このままひとりで司令室にいると危険かもしれないと気づいたようだ。

ダオ・リンはほんとうに急いだ。その理由はフェング・ルが想定するものではなかったが。ドアの向こうで彼女はカム・ペラ＝ヘイと会った。ゲ・リアング＝プオが集めたカルタン人男性だった。

「かれらはあるものを探している」かれは早口でささやいた。「それをかれらは〝モトの真珠〟と呼んでいて、それが《ナルガ・サント》にあると思っている！」

フェング・ルがこぶしでドアをたたいた。

「あとどれだけかかるんだ？」かれはいらいらして叫んだ。

「ぜんぶ出るまでだ！」ダオ・リン＝ヘイは平然と答える一方で、カム・ペラ＝ヘイがなかばくずれおちた間仕切り壁の向こうにかくれるのを助けた。

彼女はドアを開け、フェング・ルの横を堂々と通り過ぎた。かれはせまい小部屋をのぞきこまずにはいられなかった。どうも神経をとがらせているようだ。

ダオ・リンは司令室の彼女の場所にもどり、画面にうつる五隻のトリマランを眺めながら考えた。カム・ペラかゲ・リアング、あるいは、あの名前を聞いたべつのだれかは、聞きまちがえたんじゃないか、と。だが、その可能性は低かった。カム・ペラ＝ヘイはわざわざリスクを冒して司令室のそばまでやってきた。よほどの理由がなければ、そこまでしないはず。より正確にいえば、ゲ・リアングがかれをここに送るわけがない。

聞いたのはきっとゲ・リアングだ。彼女はダオ・リンと同様に、イホ・トロトが伝えた驚くべき話を知っている。それは、かれが〝ミモトの宝石〟をハルツィドという名の守護者に引きわたしたという話だった。

ミモトの宝石と、モトの真珠……一致する部分があるのは偶然なのか……それとも、たんなる偶然ではないのか。

ダオ・リン＝ヘイがミモトの宝石について知っているのは、それがとほうもない容量のデータ記憶媒体だということだけだ。彼女はそのほかになにが伝えられたか、必死で思い出そうとしたが、なにも思い浮かばなかった。その当時、彼女は自分のことと帰還計画で、頭がいっぱいだったから。

すくなくとも彼女は、ギャラクティカーがこのミモトの宝石をとても重要なものとみなし、手に入れたがっていることを知っていた。だが、それを手に入れるのは、はなはだ無謀で困難なことだった。なぜなら、守護者ハルツィドはブラックホールのなかに住んでいるからだ。

一方、この素性の知れぬ、フェング・ルをはじめとするカラポン人たちは、ミモトの宝石とどんな関係があるのだろうか。

ダオ・リン＝ヘイがそれを考えはじめた、ちょうどそのとき、フェング・ルが呼びよせた兵士たちが司令室にあらわれた。彼女はあっというまに、かれらに包囲された。威《い》嚇《かく》するように、彼女に武器が向けられる。

「きみたちカルタン人はやっぱり、うぬぼれが強い種族だな」と、フェング・ルはいうと、満足そうに髭《ひげ》をなでた。「きみたちは自分たちだけが耳がいいと思っているようだが、〃わたしの〃耳のほうがきみたちよりも鋭敏だ。うそじゃない」

ダオ・リン＝ヘイは、いますぐに自分を思いっきり蹴飛ばしてやりたいと思った。なぜ、あんなに不注意だったのか！

だが、もう遅かった。不幸は起きてしまった。彼女のほうが、かれをみくびっていたのだ。

彼女は全力で自制心を働かせ、冷静でおちついた態度をたもち、感情を表に出さないようにした。

「そりゃあ、あなたは耳がいいだろう」彼女は皮肉をこめていった。「なんといっても、カルタン人だから。それをあなたが認めようと認めまいと。これはなんの騒ぎなんだ？」

「きみはドアの向こうでだれかと話をしていたな」と、フェング・ル。「ああ、ずいぶんちいさな声だった……それでも、一言一句《いちごんいっく》もらさず聞きとれたぞ。だれかがきみに、われわれがモトの真珠を探していると教えていた」

「そのとおりだ」ダオ・リンは平然と認めた。「それがどうした？」

「きみたちはモトの真珠についてなにか知っているな！」

「その名前は知っているが」と、ダオ・リン。「あなたの仲間がそれを口にしたから、知っただけだ。モトの真珠とは、いったいなんだ？」

「知らないふりをするな！」

ダオ・リン＝ヘイはため息をつき、その特徴的な目で、銃をかまえる兵士たちを見た。

「この状況で、わたしに嘘がつけると思うか？」彼女は問うた。「たのむ、手がかりがほしいのだ。あなたの質問に答えたいから。モトの真珠とはなんだ？」

フェング・ルはためらったが、答えることにした。

「データ記憶装置だ」かれはうなるようにいった。

「それなら」と、ダオ・リンは大きな手ぶりを交えていった。「ひとつ、選んだらいい。それほどたくさんは置いていないが、ひとつぐらい、なくても大丈夫だから。訪ねてくれたお礼にさしあげよう」

だが、フェング・ルはこのとき、冗談につきあう気分ではなかった。

「きみの態度はどうも、なにかをかくしているようだ」かれはいった。「モトの真珠はこの宇宙船内にあるな。それをわたしによこすんだ！」

「それはぜったいに無理だ」

「ならば、きみの仲間を殺す」

「誤解するな、フェング・ル」ダオ・リン＝ヘイはゆっくりといった。「わたしは、あなたにモトの真珠を〝わたしたくない〟といっているわけじゃない……〝わたせない〟のだ、持っていないから」

「だが、どこにあるか知ってるだろう！」

「もし知っていたら、自分から進んであなたの船に乗って、そこに案内するところだが」と、ダオ・リン。「ほんとうに知らないのだ、フェング・ル。わたしにとっては、どんなデータが入っているかも知らない記憶装置なんかより、仲間の命のほうが何千倍も大事なんだ！」

「嘘をつけ！　モトの真珠は高価な財宝だ……よこさないつもりだな。それに、わたしをどこかに案内する必要などない。モトの真珠はこの船内にあるんだから」

そんなおかしなことを、フェング・ルはどうして思いついたのだろう。ダオ・リン＝ヘイは、かれの思考からそのヒントを得ようとしたが、だめだった。《ナルガ・サント》の大きさとなにか関係があるようだが、それ以上のことはわからない。

「もしかすると、あなたのいうとおりかもしれない」ダオ・リンは慎重に譲歩した。「モトの真珠はほんとうにこの船のなかにあるのかも。それがこの名前だということを、われわれが知らないだけで。どんなものか説明してくれないか？　外観がわかったら、情報をあげられるし、うまくすれば真珠をわたすことができるかも」

この意見をかれは気にいったようだ。さっそくかれは説明をはじめた。

ダオ・リン＝ヘイはこの件については自信があった。《ナルガ・サント》は六百五十年間、ポイント・シラグサ近傍の宙域を、制御不能の状態で漂っていた。そのあいだに訪問を受けたのは一度だけ……それが《ペルセウス》で、この船はもちろん、モトの真珠を船内に持ちこんだりしていない。この秘密のデータ記憶装置がどこかにかくれているとしても、すくなくとも《ナルガ・サント》の船内ではない。それでも彼女は、かれの説明に注意深く耳をかたむけた。それは、この件に彼女は興味を引きつけられたからだ。

その背景には、ペリー・ローダンとその仲間たちが、ミモトの宝石を入手したがっているという事実があった。さらに、このデータ記憶装置にはいくつもの秘密がのこされており、それがもし誤った手にわたったら、危険であることはまちがいなかった。そして、権力欲と征服欲の強いカラポン人こそ、この〝誤った手〟を恐ろしいほど完璧に体現した、まさに権化《ごんげ》なのだ。そう確信したことも、彼女にこの一件への興味を掻きたてた。

フェング・ルの説明は簡にして要を得たものだった。それはちいさな円錐形の物体で、底面は湾曲している。多面のファセットが施されており、そのファセットに、さらに無数の微細なファセットが刻まれている。

この説明で明らかになった。モトの真珠は、ミモトの宝石の破片にちがいない……もし、ミモトの宝石が一点ものではない、あるいは、よく似たべつの物体が存在するとしたら、話はべつだが。でも、それなら、どうして名前が似ることがあろうか？

このとき、ダオ・リン＝ヘイはもうひとつ情報をつかんだ。フェング・ルは、かれが探している物体について、見たこともないのに説明しているわけではなかった。かれが描写した破片はまちがいなく、カラポン人が所有している。フェング・ルは残念ながら、どうやってかれの種族……あるいは皇帝……がそれを手に入れたのかは吐露しなかった。おそらく、掠奪行為でぶんどったのだろう。

　だが、いつどこで？

　それについてもフェング・ルは語らず、思考のなかでも、この点に触れることはなかった。ということは、かれはたぶんそれを知らない。

　どこに保管されているのだろう？

　ダオ・リンはカラポン帝国の拠点惑星の、どこか厳重に守られたかくし場所にあるのだろうと思ったが、フェング・ルはベントゥ・カラパウでみずから保管していることをほのめかした。

　ベントゥ・カラパウとは〝カラポンの栄誉〟という意味にほかならない。ダオ・リンは、モトの真珠のように高価なものを、宙賊の基地に放置するだろうかと少々、疑問に思った。だが、ひょっとするとこの高慢なフェング・ルは、ほんとうにカラポン皇帝の大提督かもしれず、大提督になら、状況しだいではお宝が託されてもおかしくはない。

「さあ、どうだ？」フェング・ルは待ちきれないようすでたずねた。「そんな見た目のものを知らないか？」

つまり、かれは破片をひとつ持っていて、のこりを探しているのだ。よりによってここ、《ナルガ・サント》で。

「やはり知らないな」ダオ・リン＝ヘイはいった。「そんなものは見たことがない。残念だが、ほんとうのことだ」

かれはもちろん、彼女のいうことを信じない。信じたら逆に驚きだ。彼女は心のなかで問うた。いつ、かれは自分をなぐりはじめるだろう、と。かれのような男は、暴力を使えばどんな真実でも突きとめられると考えがちだ。

フェング・ルは暗い目つきで彼女を凝視した。彼女には、かれがまさに暴力を使おうかどうか、どんな暴力を使おうかと考えていることがわかった。その結論は彼女にとって好ましくないものだった。

かれは自分の部下のほうを向いた。

「サル・テー！」

カラポン人のひとりが前に進みでた。

「数人を使って、この嘆かわしい者どもを二百名、わたしのところまで連行しろ！」フェング・ルは命じた。「贖罪の斜路に連れてこい。すこし急ぐんだぞ。ここでこれ以上、時間をむだにしたくないからな！」

サル・テーは急いで出ていった。かれは司令室を出るか出ないかのうちに、無線機のマイクロフォンに向かって命令をつぶやいた……名前と数だ。その意味は、かつての全知者には明らかすぎるほどよくわかった。

この信じがたい状況を現実の一部として受け入れることを、彼女の頭は拒んだ。たとえ、この宙賊たちがみずからをカラポン人と名乗ったとしても……カルタン人ではないか！　カルタン人は殺し合ったりしない……すくなくとも、こんな方法では。

彼女はこれが、ただのはったりであることを願った。一か八か、フェング・ルの顔に目をやると、そこには憎しみと怒りと欲望しか見いだせなかった。モトの真珠への思いが、かれの理性を完全に曇らせてしまったようだ。

フェング・ルはダオ・リン＝ヘイを監視している。かれの視線はその思考と同様に、陰鬱で不気味だった。やがてかれは立ちあがり、幅広の黒いベルトの位置をなおすと、武器をホルダーからとりだし、入念にチェックした。

「彼女を連れていけ！」かれは部下に命じると、ダオ・リン＝ヘイを顎で指した。「彼女に見せてやれ。わからせるんだ。自分ひとりの責任で、仲間が死ななきゃならないことを。彼女の記憶力が活性化するかもしれんからな」

「ばかなまねはやめろ！」ダオ・リンはどうしようもない怒りがこみあげ、叫んだ。

「そんな真珠のことなど、なにも知らないといっているだろう！　知ってたら……」

フェング・ルは振り返ると、彼女の顔に一撃をくらわせた。

「もうひとことでもしゃべったら、おまえたち〝全員〟、命はないぞ！」かれは彼女にささやいた。

彼女はかれをにらみつけていたが、いきなり右手を振りあげ、鋭い爪でかれの顔をひっかいた。あまりにすばやい動きで、フェング・ルもかれの部下も対応できなかった。

フェング・ルは恐怖の叫び声をあげ、手で顔をおさえた。その指のあいだから、血がにじみでた。ふたりの兵士がかれの手当をする。べつのふたりがダオ・リン＝ヘイを強くつかみ、引きもどした。ほかのカラポン人たちも憤慨し、脅すような目つきをしている。

ダオ・リン＝ヘイはみずからが引き起こしたこの混乱を、冷静な目で見つめていた。あの一撃が彼女の怒りのはけ口になった……彼女は理性を完全にとりもどしていた。

自分の攻撃でこのカラポン人は、深刻なけがを負ったわけではないと、彼女にはわかっていた。切り傷が治るにはしばらく時間がかかるだろうが。フェング・ルはきっと死ぬまで、鏡を見るたびに、ダオ・リン＝ヘイを思い出すことになるだろう。だが、それだけのことだ。

自分はそれでなにを得られただろう？

なにも得られはしなかった。彼女はあきらめの境地だった。

兵士たちは彼女をつかむと、その場から引きずりだした。

10

惑星カルタンまではまだ、千二百光年の距離がある……だがそれは、かれらがこえてきた銀河間の巨大な深淵にくらべたら、とるにたらないわずかな距離だ。それも、この難破船でこえてきたのだった……勤勉なアスポルコスによって故障したユニットから回収され、修理された中古のエンジンを積んだ、このかろうじて機能する残骸で。労力をかけて調整されたこれらのエンジンは、酷使されたあげく引き裂かれた《ナルガ・サント》の残骸に、まだ異物のようにくっついていた。

かれらは二百万光年近くの距離を航行してきた。それにくらべれば、カルタンまでののこりの距離など、ほんのひと飛びのように思われた。

それなのにかれらは、故郷とかれらを隔てる、この最後の一歩を踏みだせそうにない……この故郷を、残骸住民たちはまだ見たことがなく、きっともう見ることはかなわない。フェング・ルは一度殺しはじめたら、殺すのをやめそうにないから。

ダオ・リン＝ヘイにはそれがわかった。このカラポン人大提督の思考をよく知っていたからだ。彼女はこれまでの人生で経験したことのない、無力感におそわれていた。

斜路に連行されるときも、抵抗しなかった。両手を拘束された彼女のうしろを、兵士が二名、ついて歩く。かれらのはたすべき任務はただひとつ。ダオ・リン＝ヘイがなんらかの勝手な動きをしたら、その瞬間に撃ち倒すことだった。かれらは彼女を殺しはしない……フェング・ルはすでに、そのように命じていた。だが、彼女の脚を撃って破壊するだろう。

彼女は立ちどまり、下を見た。

贖罪の斜路には、二百名のほぼ毛のないカルタン人たちが、黙ったまま立っていた。かれらはもう、みずからを守るためのまともな爪すらそなえていない。

もっとも、爪があったとしても、カラポン人たちの武器に対抗するには、ほとんど役にたたなかったろうが。

フェング・ルはかれの宇宙船から増員をもとめたか、モトの真珠の捜索をいったん、中断させたかのどちらかだ。二百名の残骸カルタン人を、ほぼ同数の兵士で見張らせている。残骸住民たちは、たがいにきびしく隔離された小グループにわけられて、ホールに立っていた。動揺したようすで斜路を見あげている。どういう目的で自分たちがこの場所に集められたのか、まだわかっていないようだ。

かれらがダオ・リン＝ヘイを見つけたとき、彼女は拘束され、はっきりとわかる傷をいくつも負っていた。フェング・ルに一撃をくらわせた以上、彼女は無傷ではすまなかった。その姿を見て、住民たちのあいだに力ない沈黙がひろがった。

このかつての全知者は、いまや《ナルガ・サント》じゅうで知られていた。だれもが彼女の計画に魅了されたわけではなく、彼女はすべての残骸住民に好かれていたわけでもなかった。それでも、いま彼女を見あげている者のなかに、すくなくとも当惑していない者はいなかった。みな、彼女が沈黙を破り、状況を説明するのを待っていた。しかし、彼女が口を開くと、兵士のひとりが彼女の背中に銃を突きつけた。

彼女のかわりにフェング・ルが斜路の端に立った。

「よく聞け！」かれは住民に呼びかけた。「われわれは、きみたちを困難な状況から救うためにやってきたのだ。きみたちの宇宙船はとてもひどい状態にある。われわれはきみたちに技術的な支援を提供し、難なく目的地に到着できるよう、面倒をみるつもりだ。さらに攻撃者があらわれたら、きみたちを軍事的に防衛する」

かれはすこし間をおいて反応を待ったが、だれも拍手を送ろうとはしなかった。ダオ・リンは首をかしげた。かれはほんとうに残骸住民側の賛意を予想していたのだろうか。もし、そうだとしたら、かれは彼女が思った以上におろか者だ。

この演説を、かれは到着した直後にすべきだったのだ。下にいる住民たちが、かれをどう評価すべきか、まだわからなかったときに……かれの兵士がそこらじゅうを荒らしまくって捜索し、粗暴なふるまいで人々を愕然とさせる、その前に。

「つまりだ」フェング・ルは表情を曇らせつつも、話しつづけた。「われわれはきみたちのために、いろんなことをしてやれる。ほんとうだ。その手段と知識があり、宇宙船だってある。われわれの支援を受け入れたいか？　それはきみたちしだいだ。われわれと良好な関係を築くなら、きみたちはあすにもカルタンの地に立つことができる。それがきみたちの目的じゃなかったか？」

　かれはまた、反応を待った。残骸住民たちはたがいにささやき合ったが、このカラポン人大提督の言葉にだれも反応しようとはしなかった。

　フェング・ルの声はすでに、やや明るさを失っていた。

「もちろん、われわれはきみたちを、ただで助けるわけにはいかない。見返りがほしい」

　残骸住民たちが当惑したことはいうまでもない。フェング・ルはまさにいま、自分とその兵士が《ナルガ・サント》の住民とくらべていかに豊かであるかを、ひけらかしたばかりだ。そのうえ、カラポン人たちはすでに、すこしでも価値のありそうなものは根こそぎ持ちだしていた。この状態で、なにを見返りにもとめようというのか？

　かれはためらいもせず、かれらに伝えた。

「モトの真珠をよこすんだ！」

深い沈黙がひろがった。

フェング・ルは険しい顔をした。

「やれやれだ」かれはダオ・リン＝ヘイを指さしていった。「きみたちの指揮官は、モトの真珠は船内にない、などといい張っている！　きみたちはもうすこしお利口だといいがね。モトの真珠は船内にあるはずだ！　われわれにはわかっている。それをきみたちが違う名前で呼んでいるといけないから、モトの真珠について説明しよう。これから説明するものを、だれか知っていたら、ただちに名乗りでるように！」

かれは説明をはじめた。

もちろん、名乗りでる者はいない。フェング・ルの表情はさらに曇った。

「だ・れ・も、知らないということは」かれはいやに強調していった。「ダオ・リン＝ヘイはモトの真珠の存在を、きみたちにもかくしてるんだな。だが、われわれは、彼女の側近たちがこの秘密を知っているという、確実な証拠をつかんでいる。その側近、あるいはその居場所について情報をくれる者には報奨をやるぞ」

だれも声をあげなかった。

するとフェング・ルはからだを前に乗り出し、下にいる黙ったままの残骸住民たちをにらみつけた。その怒りに燃える目だけで、かれらを屈服させられると思うかのように。

「わたしがいう報奨とは、おまえたちがみじめな生活をつづけられるということだ！」

かれは激怒していった。「そのはげ頭で理解できたか？　モトの真珠をよこすんだ。さもなければ、おまえたちはみな殺しだ！」

残骸住民たちは不安そうにあたりを見まわした。カラポン人たちが武器を手にしていることに気がつくと、住民たちは心の底から恐怖をおぼえた。叫び声が響きわたり、多数の住民が逃げだそうとしたが、兵士に制止された。

そのとき、捕虜のひとりがフェング・ルに話を聞いてもらおうと、何度も叫んだ。

「わたしが答えるから、話を聞いて！」スラマの親類、ヴィラだった。

フェング・ルが部下に合図をした。兵士たちはヴィラを斜路のすぐそばまで連れてきた。カラポン人大提督は彼女の上に身を乗り出す。かれの目には、欲望と勝利の輝きがあった。

「さあ、いえ！」かれは要求した。

「モトの真珠がほしいんですって？」ヴィラはたずねた。「ここにモトの真珠はないわ！」

「嘘をつけ！」フェング・ルは怒りでわれを忘れて叫んだ。

ヴィラは笑った。

「嘘じゃない！」と、彼女は応じた。「嘘つきはあなたのほうよ！　わたしはイルの姉妹。この世界にわたしが知らない秘密はないわ。わたしたちは、あなたの真珠を持っていない。べつの場所で探してちょうだい！」

だが、それをする気は、フェング・ルにはなかった。かれは自分の思いこみに深く囚われすぎて、はなれられなくなっていた。そして自制心を失い、発砲した。

あたりは死んだようにしずまり返った。みなの目が、息絶えたヴィラに注がれている。

フェング・ルはからだを起こすと、自分の武器で最前列の捕虜のグループを指した。

「やつらを殺せ！」かれは兵士たちに命じた。

その瞬間、一帯は大混乱におちいった。

あらゆる出入口からカルタン人がなだれこんできたのだ。そのあとを、いく頭ものショアクがついてくる。ダオ・リン＝ヘイはこの動物を見たことがあった。ショアクを飼っていたのはヴィンだけではなかったのだ。よく飼いならされたショアクは勇敢で賢く、強かった。

ショアクたちは、持てる力を見せつけた。

あれよというまにカラポン人の足に飛びつき、手や腕、肩に飛びかかっては噛みつき、首や喉にくらいつく。カルタン人は、茫然自失となった兵士たちの手から武器をもぎとった。

発砲音が響きわたり、ショアクは争うときに出す、けたたましい鳴き声をあげる。カルタン人とカラポン人の絶叫と怒号が飛びかった。フェング・ルが必死にがなりたてるが、その言葉にだれひとり、一瞬たりとも耳を貸そうとしない。

この混乱のさなか、贖罪の斜路でちいさな色白の人影が揺れ、ダオ・リン＝ヘイをつかんで連れていった。彼女を見張っていた二名の兵士は、ゲ・リアング＝プオとカム・ペラ＝ヘイが狙いすました一撃でノックアウト。何百年も前からたんなる立像と化している、身動きしないロボットのあいだにモンカが姿をあらわすと、ヴィンすらまだ知らない通廊を指ししめした。

「死のゾーンにかくれましょう」モンカのうしろを走ってきた、ゲ・リアングがいった。「いいかくれ場を見つけたので。そこなら……」

「だめだ！」ダオ・リン＝ヘイはさえぎった。「司令室に行かないと。いますぐに！」

「気でも狂ったか！」モンカはいった。「フェング・ルが司令室を監視させないほど、おろかだと思うか？ あそこで目撃されてみろ。またすぐにひっつかまって、こんどはあっさり始末されるぞ。それじゃあ、なんのためにきみを解放したんだ？ きみに自分で自分の首を絞めさせるためか？」

「道を教えるんだ！」ダオ・リンは動じることなく、命じた。

モンカはしぶしぶ、彼女にしたがった。

＊

司令室の前には二名の警備員がいる……それだけだった。フェング・ルは、《ナルガ・サント》の住民は軍事面ではたいした能力はないと思っているようだ。彼女は片方の警備員を倒し、モンカがもう片方を引き受けた。

ダオ・リン＝ヘイにとっては好都合だった。

ほんとうは、彼女はこのかつての調整官も、ヴィンやゲ・リアング＝プオといっしょに追い返したかったが、モンカはかんたんに引きさがろうとはしなかった。

「きみのそばをはなれないぞ！」かれは憤慨していった。「きみのようなタイプをわたしはよく知っている……いつも厄介なことになるんだ。だからきみには、気にかけてくれるだれかが必要だ」

ダオ・リンは、それが逆にならないといいが、と願った。その一方で、彼女は考えた。自分は援護してくれるだれかが、ほんとうに必要かもしれない、と。ヴィンはすぐれた戦士ではなかった……かれは自分の暗示者としての能力にたよりすぎる。ゲ・リアング＝プオは、残骸住民たちのカラポン人への抵抗活動を指揮する必要がある。

結局、彼女はやはりモンカを同行させることにした。

ふたりは両警備員から無線機器と武器を奪い、かれらをちいさな隣室に閉じこめ、すぐには出られないようにした。

「ここでいったい、なにをするつもりだ？」ダオ・リンにつづいて司令室に入ったモンカがたずねた。

「救援を要請する！」かつての全知者は簡潔に答えた。

「そんなことをしても意味がない」モンカはがっかりしていった。「だれも聞いちゃくれないさ！　だれが進んでわれわれを助けようとする？　カルタンに関する噂を聞いただろう？　たとえ助けたくても、助けられるわけがない！」

「カラポン人のくだらない噂話を信じる気か？」ダオ・リンは鼻で笑った。「わたしは信じない！」

　モンカは彼女の横にしゃがみこむと、ハッチに視線を定め、右膝の上に置いた武器を、いつでも撃てる状態にした。ダオ・リン＝ヘイは思わず、かれを動揺させたいという気持ちにかられた。かれがあまりに冷静沈着だから。まるでかれは、すでに人生に見切りをつけているかのようだった。

　だが、彼女にはいま、モンカの心理状態に考えをめぐらすひまはない。

　これまで彼女は、ハイパー無線で一般的な要請しか発信していなかった。〝コンタクト求む、応答せよ〟と。今回はより具体的に呼びかけることにした。

「こちらは《ナルガ・サント》のダオ・リン＝ヘイ。カラポン人の襲撃を受けた。救援を求む！」

　そして座標を告げた。

彼女は連続発信に切り替え、この助けをもとめる声が正しい耳にとどき、カラポン人のようなハゲタカ連中をさらにおびきよせることがないように願った。千二百光年などたいした距離ではないと、何度も自分にいい聞かせた。この無線機はそれほど高性能ではなかったが、カルタンまでの距離なら充分にとどくはずだった。

もちろん、カルタンでダオ・リン＝ヘイの名がまだ知られていることが前提だ。だが、彼女の名が知られていないとしても、すくなくとも《ナルガ・サント》という名前はまだおぼえているはず。

ただそれも、フェング・ルが主張したような根本的な変化が、カルタンで起きていなければの話だった。

「これでいい！」彼女はモンカにいった。「ここから出ないと。フェング・ルのトリマランが、この呼び声をキャッチしてしまうから。そうなったら命取りだ」

「もう遅い！」モンカは断言する。「親愛なる友らは、もう近くまできているぞ」

開いたハッチから物音が聞こえてきた。カラポン人兵士たちが足早に近づいてくる。だれかが命令を叫んだ。それがフェング・ルの声だとわかり、ダオ・リンはあわてて周囲を見まわした。

逃げ道はない……いや、あるか？

暫定的にしつらえた制御盤のうしろに、何本もの配線が通る穴があった。その穴は、よほど横幅のある体格でないかぎり、カルタン人がくぐり抜けるには充分な大きさで、古い保守点検用ダクトのひとつに通じていた。快適な通り道ではなかったが、彼女は自由の身になれるなら、もっとはるかに不快なことでもよろこんで受け入れる覚悟だった。

「こっちだ！」彼女はモンカに叫んだ。

かれはせまい抜け穴に目をやった。

「きみが先に行け！」かれはいった。

いま、かれと争っている時間はない。彼女は先に穴のなかへもぐりこんだ。保守点検用ダクトに頭から突っこむと、急いで起きあがり、司令室につながる穴を振り返って見た。

モンカはまだ、彼女の位置から四メートル近くはなれたところにいる。

「なにをやっている！」彼女はかれにささやいた。「もうすこし急げ！」

だが、かれは返事をしなかった。そのかわり、ハッチに向かって発砲しはじめた。一秒後、かれはくずおれた。ダオ・リンは、かれの感情と思考が消えるのを感じとった。

かれに背を向け、彼女は逃げた。

しばらくすると、彼女の背後で物音がした。きたか、と彼女は思った。フェング・ルが彼女を追ってきたのだ。せまいダクト内にはかくれる場所はなく、出口もまだ見えない。周囲を見まわしていると、フェング・ルの姿がはっきりと目にうつった。

かれはどんどん近づいてくる。とっくに射程距離に達していたが、どうもかれは、ダオ・リンをただ殺すだけではおさまらないようだった。彼女と直接、戦って負かしたいのだ。

ダオ・リン＝ヘイはフェング・ルと戦う気などない。ようやく、ダクトからの出口を発見した。ハッチを開けて頭から飛びこむと、できるかぎりすばやく、勢いをつけてハッチを閉めた。

それが彼女の命を救ったのだ。

彼女は自分のからだが持ちあがり、宙に投げ出されるのを感じた。どうにかからだをひねり、うしろを見ると、壁が迫っている。ぎりぎりのタイミングで、手足で衝撃を受けとめると、壁を滑り落ち、なかば朦朧《もうろう》として床にうずくまった。ハッチを目で探すと、その場所には、縁材がゆがんだ穴がぽっかり開いているだけだった。保守点検用ダクトは、ところどころ陥没している。

フェング・ルの姿は見えなかった。

11

なにが起きたのか。ダオ・リン＝ヘイがそれを知ったのは数時間後のことだった。彼女は残骸内のいまいる場所を脱出しようと試みたが、だめだった。閉じこめられてしまった……爆発かなにかがあったようだ。それがなんであれ、船に潰滅的な傷跡をのこしていた。

しばらくして、彼女はテレパシーのインパルスを感じた。ほどなく、カルタン人が数名、轟音《ごうおん》をたてながら、彼女のところまで進んできた。そのなかにゲ・リアング＝プオとヴィンがいた。ヴィンの顔はほとんど見分けられなかった。かれは頭に厚い包帯を巻いていたから。包帯の隙間から、異様に大きな黒い目がのぞくだけだった。

ダオ・リン＝ヘイは驚いた顔で、自分に近づいてくる、毛並みのいい見知らぬカルタン人たちを見つめていた。カラポン人はいなかった。

マイ・ティ＝ショウと名乗る、背が高くがっしりしたカルタン人女性がダオ・リンの手当をし、捻挫をした右手首に包帯を巻いた。その間にのこりの者たちは、さらに先へと進んでいった。ほかに閉じこめられた者がいないか、捜索するために。

「どうしてこんなに早く、ここにこられたんだ？」ダオ・リンはまだなかば朦朧とした状態でたずねた。

「とてもかんたんな話です」マイ・ティ＝ショウは冷静に応じた。「もっと前からあなたたちに気づいてはいたんですが、あなたたちが何者かよくわからなかった。カラポン人の一団にかこまれているのに、あなたたちは一発も、かれらに発砲しなかった。だから、あの盗賊団の一味かもしれないと思ったんです。われわれはひそかに、このまわりに船団を集めて好機を待ちました。すると、救援をもとめる声がして、カラポン人があなたたちの巨大な船の残骸を攻撃しはじめた」

「かれらがわれわれに発砲したんだな？」

「われわれがこの潰滅的被害を引き起こしたとでも？　でも心配いりません。かれらが命中させたのは、あの一発だけですから。かれらの船のうち、四隻は捕らえることができました。現在、われわれはこの船内を掃討し、のこった宙賊をつかまえているところです」

「五隻めのトリマランはどうなった？」

「あの船はうまく逃げました。きっともう、ベントゥ・カラパウに着いているでしょう」

ダオ・リン＝ヘイははげしく驚き、飛びあがったので、垂れさがった壁材の一部に頭をぶつけた。

「ベントゥ・カラパウ！」彼女は叫んだ。「その場所を知っているのか？」

「まだ行ったことはありませんが」マイ・ティ＝ショウは冷静に応じた。「カラポン人の基地が、どの宙域で見つかるかは知っています」

「知っているのになぜ、かれらを追い出さなかったんだ？」

マイ・ティ＝ショウは笑い声をあげた。

「その宙域はかなりひろくて」彼女は愉快そうに説明した。「星が密集しているんです。それに、われわれを悩ませている敵は、カラポン人だけじゃないですから」

「マーカルのことか？」ダオ・リン＝ヘイはたずねた。

「いや、かれらはもう、われわれを悩ませたりしません。かれらとはコンタクトもない……なんの役にもたたないので。かれらは毒の惑星で暮らし、われわれに手を出すことはありません。われわれにはかれらの惑星は手に負えないし、その逆もまたしかり。それに、われわれが定住できる惑星は充分にあります。外縁部のコロニーの多くは手ばなしましたが」

「手ばなす必要があったのか？」

「大戦中の話なんです」と、マイ・ティ＝ショウ。ダオ・リン＝ヘイは、ゲ・リアング＝プオがこのカルタン人に、すでにあらゆる情報を、すくなくとも大まかには提供していることがわかった。

「当時、アルドゥスタアルには、ありとあらゆるならず者たちが出没していました。われわれは、移住惑星を充分には防衛できなかった。いま、われわれの星間帝国はちいさくなってしまったけれど、よりかたく結ばれています。ただ、ハンガイ銀河からやってきた侵略者とのトラブルが絶えません。かれらにとっては、われわれは害獣の一種にしか見えないようで。きっと、アルドゥスタアルでは遠慮なく、でかい顔をしていいと思っているんでしょう」

「それはわたしにもおぼえがある！」

マイ・ティ＝ショウはかすかにほほえんだ。

「あなたはほんとうにダオ・リン＝ヘイなのですか？」彼女はたずねた。「オーグ・アト・タルカンとともに飛び去った、〝あの〟ダオ・リン＝ヘイ……？」

「わたしをまだおぼえているのか？」

「驚きました？　あなたの噂は絶えません」

「噂のほとんどはきっと、誇張されているな」ダオ・リンは不快そうにつぶやき、慎重に立ちあがった。彼女はすこし足をひきずっていた……からだじゅうの節ぶしが痛かった。「高位女性はまだいるのか？」

「もちろんです！」

「宇宙船を一隻、提供してもらえないだろうか？　いまいましいカラポン人たちに、ちょっとしたお礼まいりをしたい。返したい借りがある……それとはべつに、とり返したいものもあるんだが。かれらがばかなことをはじめる前に」

「いま、確信しました。あなたはほんとうにダオ・リン＝ヘイだと」マイ・ティ＝ショウは微笑を浮かべていった。「あなたには、はるかに栄誉あるものをさしあげたい。カルタンではみな、あなたに最高位の高位女性の地位を受け継いでほしいと思っているんです」

「アルドゥスタアルの精霊にかけて誓う！」ダオ・リンは叫んだ。「それはぜったいに受けられない！」

「でもあなたは、われわれの過去について、だれよりもよく知っているでしょう」マイ・ティ＝ショウは指摘する。「その知識がわれわれには必要なんです！」

「知識は提供する」ダオ・リン＝ヘイは冷静にいった。「でも、あなたたちには、あの宙賊に力強い制裁をくわえられる者のほうが、もっと必要だと思うのだ」

　マイ・ティ＝ショウはなにもいわず、ダオ・リンが瓦礫《がれき》の山をこえるのを助けながら、《ナルガ・サント》のあまり被害のない区画に向かった。この残骸のいくつかの区画ではまだ戦いがあったが、カラポン人たちにとってはすでに負け戦だった。

「もし、ほんとうにあのベントゥ・カラパウを訪ねるつもりなら」マイ・ティ＝ショウはためらいながらいった。「わたしを連れていってくれませんか？」

「頭に入れておく」ダオ・リン＝ヘイは約束した。

マイ・ティ＝ショウは満足そうにほほえんだ。

＊

カルタンの地をふたたび踏むことができてよかった……でも、ここにとどまるには、まだたりないものがある。

たくさんの変化が生じていた。あらたなグレート・ファミリーがいくつも台頭し、ヘイ一族は影響力の多くを失っていた。高位女性は五名しかおらず、そのうちのひとりが最高位女性の職をつとめていた。その職位には現在、メイ・メイ＝ハルという名のカルタン人が就いている。

今後はダオ・リン＝ヘイにその地位を引き継いでほしいと、実際に要請があった。彼女が辞退すると、メイ・メイ＝ハルは残念そうな顔を見せたものの、本心では仕事をつづけられることをよろこんだ。彼女は知的で責任感の強いカルタン人だったが、戦いには精通していなかった。だから、ダオ・リン＝ヘイがカラポン人という敵に挑むことを、とてもよろこんだ。

「船団を用意します」別れぎわに、彼女は約束した。「あなたの後衛をつとめさせる……もちろん、あなたがいいと思う距離をたもって。ベントゥ・カラパウが見つかって、カラポン人の基地に踏みこめたら、ハンガイ＝カルタン人に対するわれわれの地位はかなり向上します。ここアルドゥスタアルで野獣のようにふるまってはならないことを、かれらにはっきりわからせないと！」

ダオ・リン＝ヘイは彼女に同意した。

「きっと見つけてみせる」彼女は約束した。さらに頭のなかでこう、つけくわえた。

〝そして、かれらからモトの真珠をとりあげてみせる。たとえ盗みとるしかないとしても！〟

彼女は《マーラ・ダオ》に乗りこんだ……いい船だ。名前もいい。同行者はゲ・リアング＝プオとマイ・ティ＝ショウ。ほかの者はカルタンにのこることを望んだ。

ダオ・リン＝ヘイのあらたなチームが彼女を待っていた。《マーラ・ダオ》はいつでもスタートできる。

《バジス》の守護者

ロベルト・フェルトホフ

登場人物

ギンセン・カルトゥ……《モノセロス》船長
ウーメ・ビラボング……同副長。副操縦士
エンロ・チャルタル……同首席技師。第三操縦士
ピダー・ダウード……同探知部門の主任技師
ウレーデ・パルネレ……同搭載艇部隊の隊長
ロン・ハルトウィック……同搭載艇モノセロス＝１３の艇長
アレーナ・アン・ツァアス……同モノセロス＝１３の副操縦士
サニー・リン……同乗員。物理学者

プロローグ　時　間

七百年という時間がどれだけ長いか。それがわかるのは不死者だけだ。人間の寿命をはるかに超える年月。そんな長い時を生きながらえるのを助けてくれるのが、細胞活性装置だ。このちいさな卵形の装置に蓄えられた、人工的なヴァイタル・エネルギーが、装置保持者の外見の若さと活力を守ってくれる……

だが、その守りも万全ではない。

七百年は長い時間だ。そのあいだには、どんなことが起きてもおかしくない……そして、細胞活性装置保持者の寿命も、無限ではなかった。このことは、天才ジェフリー・アベル・ワリンジャーの例を見ればわかる。活性装置を失えば、借りものの若さは急速に衰え、老化して命を落とす。

七百年。そして孤独の時間。

きょうはNGZ一一四三年十月二十日。故郷銀河が封鎖されているのを目《ま》のあたりにしてから、いろいろなことが起きた。危険な出来ごともあれば、希望につながる出来ごともあった。ここで忘れてはならないことがある。それは、銀河系船団の宇宙船のひとつが、失望の時にも成果の時にも、参加していないことだ。

《モノセロス》は一一四三年四月はじめから、瓦礫《がれき》の墓場を監視している。そこには、分解した《バジス》の十万ものパーツが、空虚空間を漂っている。ハンガイ銀河からはるか遠くはなれた、寂しい宙域だ。《モノセロス》の乗員には光すらない。ハンガイ銀河の明るさが瓦礫の海にとどくのは、ようやく一万年後のことだ。そのころには、そこはカルタン人とハウリ人の船の残骸だけになっているはず。

そうだといいのだが……そうなるかどうかは、《モノセロス》の乗員にかかっている。かれらはほんとうにこの半年間、孤独の時間を耐え抜いたのだろうか？　六カ月くらいなんだ、とわれわれは考えがちだ。だが、先行きのわからない六カ月間は、永遠の長さに感じられるかもしれない。

ラランド・ミシュコム
《シマロン》副操縦士

1

《モノセロス》

司令室の通信ブースにはだれもいなかった。ただひとりをのぞいて。

「そんなひどい話はないわ！」ギンセン・カルトゥは叫んだ。まるで、感情を爆発させるだけで、イアン・ロングウィンを説得できるかのような剣幕だった。「われわれの船は無理よ、《モノセロス》は！　われわれになにを要求しているのか、あなたわかってるの？」

「よくわかっているんだ、ギンセン」ロングウィンはおだやかに応じた。「きみのそんな姿は見たことがない……いつもの自制心はどこへいったんだ？　これは任務だ。ほかの任務と変わりはない。それにおそらく、《モノセロス》の負うべきリスクは、銀河系船団の船のなかでもっとも低い」

「そういう問題じゃない」ギンセンはきつい口調でさえぎった。「いまの状況を、あなたはよく知っているはず。ほぼ七百年もの時を超えたことは、われわれ全員にとって重すぎる現実なのよ。そのうえ、こんどはここに置き去りにするつもり？　われわれだけがのこれと？」

「おちついてくれ、ギンセン。きみはパートナーと四人の子供を失った。それはよくわかっている。だが、われわれの多くが似たような境遇なんだ」

「わたしのことはいい」彼女はそっけなくいった。「乗員のことをいっているの。この空虚空間にとりのこされ、仲間とのコンタクトもなく、瓦礫の墓場を監視しないといけないなんて。われわれにとって、これ以上ない最悪の事態よ。みんな頭がおかしくなるわ」

　ロングウィンは思案顔でスクリーンを見つめている。ギンセン・カルトゥは感じていた。自分の言葉がかれを説得できなかったことを。どうしたらよかったのか？　もちろん、あっさり命令を拒否してしまえばよかった。だが、そんなことはできやしない、と彼女は冷静に判断する。ロングウィンたちはもう、最善の選択をしてしまったのだ。《モノセロス》の乗員は、要求された任務をはたすしかない。

「わかってほしい、ギンセン」ロングウィンはいった。「選定にはシントロニクスの助けを借りた。対象となったすべての船のなかで《モノセロス》が、精神的安定性の面で平均値がもっとも高かったんだよ。これは決定事項だ。われわれは飛行をつづけ、《モノセロス》は《バジス》を監視する」

「こんな、ばらばらのしろものを」彼女は苦々しげにいった。

「でも、とても大事なしろものだ。きみは船長なんだ。この難局を切り抜け、任務をはたせるようにすることを考えろ」

ギンセンは乾いた笑みを浮かべた。

「わかったわ、イアン。でも、ひとついっておく。あなたは乗員の心理プロファイルを調べているから、知っているわね。乗員がわたしをきらっていることを。任務が終わるころには、わたしは憎まれているわ」

*

ギンセン・カルトゥは、鍛えあげたスリムなからだを持つ女性だった。髪はグレイがかったブロンド、身長は百七十センチメートルをすこし超えるくらい、年齢は四十三歳。彼女は自分の年齢をとても自慢に思っているが、それは当然だった。アカデミーでの彼女の同期で、これほど早く、これほど高い地位にのぼりつめた者はいなかった。しかも《モノセロス》はタルカン宇宙への遠征隊に選ばれたのだから……だが、ギンセンはいま、きょうという日を呪っている。

何世紀も前に子供たちと夫を亡《な》くした彼女は現在、孤立していた。彼女とコンタクトをとろうとする乗員はひとりもおらず、彼女自身も自分から働きかけようとはしなかった。成功や信頼性は、好感をもたらすとはかぎらない。ギンセンの知性はむしろ、彼女のじゃまをした。ほかの者が劣等感を持ってしまうから。だが、かれらが劣っているのは事実だった。そんな明らかな事実を、彼女がかくさなければならない理由がどこにある？

とはいえ、彼女の知性には欠点があり、それを彼女は頭で理解するよりも、もっと強く肌で感じていた。彼女は乗員のことを理解していなかったのだ。彼女の部下である乗員の行動に対し、誤りには気づけても、その原因には気づけなかった。ギンセンが部下の行動を読みちがえることが多い理由も、ここにある。さらに彼女は完璧主義で、その高すぎる基準を他人にもあてはめがちだった。

「なんの連絡でした？」副操縦士が興味津々《きょうみしんしん》でたずねた。

彼女は心ここにあらずというようすで、かれのちいさくまるい体形を見つめた。

「任務についてのことよ、ウーメ……乗員と話をしないと」

「少々お待ちを」かれは自分のコンソールから接続を終え、彼女にいった。「席を動かなくていいですよ。そのまま話せば、みんなに聞こえるんで」すると突然、かれは疑り深い表情を見せた。「いやな話じゃないでしょうね、ギンセン」

「話はほかの乗員といっしょに聞いて」彼女は答える。

ウーメはおかしな絶望のうめき声をあげた。「おお神よ」かれはつぶやいた。「そんなひどいことになっちまうとは……」

「へんなことをいわないで、ウーメ。なにも知らないのに」

「でも予感がするんですよ」

「盗み聞きしたわね！」彼女はウーメを非難した。ギンセンのきびしい形相《ぎょうそう》は、かれをひるませる勢いだったが、この男の反応はよくわからない。

「めっそうもない。あなたの怒った顔を見れば、わかりますって。船のどれかは《バジス》を監視しないといけないんですから」

彼女は疑わしげな目でウーメを見た。ささいなようすからわかるなんて、かれはどうやってそんな鋭敏な勘を身につけたんだろう。

「あなたは思ったより狼狽《ろうばい》していないようだけど」と、ギンセン。「どうして？」

「そりゃ、まったくの勘ちがいだ」と、ウーメ。「わたしの本心は、あなたが思うのとは違うんですよ、ギンセン。乗員たちがあなたの話を聞いたら、わたしとはまったく違う反応をするでしょうね」

彼女は数秒間、考えた末に心を決めた。当初の計画よりも、賢いやり方で進めないと、と。現下の状況では予想がつかないから。もし、乗員の半数がさっさと搭載艇に乗りこみ、銀河系船団のほかの船に逃げこんだりしたら……そうならないという保証はない。

ギンセンは席をはなれ、迷いのあるようすで全周スクリーンを見つめた。そこにうつしだされるのは、空虚な宇宙と、遠くはなれたちいさな光の点だけだった。

「ウーメ！　当面、あなたの予感について口外しないようにして。これは命令よ、わかった？　乗員になにもいわないこと」

「なぜです？」小柄な男はいぶかしがる。「ああ、自分の口から伝えたいんですね。それなら、あなたの席のマイクロフォンは接続ずみなので……」

ギンセンは冷静な打算を働かせると、かれを見ていった。

「考えを変えたのよ。あなたの批判は受けつけないから、そのつもりで。まず、現場近くに到着してから、乗員に伝えることにしたわ。主要な乗員をすぐに招集して。非番の者もすべて。瓦礫の墓場に向けて出発するから。すくなくとも数光年のあいだは、あなたはなにもいわないように」

「船長がそういうなら」と、ウーメ。

かれの声に怒りの響きがあることに、彼女は充分に気づいていたが、無視をした。ウーメとは、乗員たちが最初の激怒をおさめたあとで話し合えばいい。ギンセンは司令室から、《モノセロス》のシントロニクスに針路を指示した。同時に、すべての通信網の情報を遮断し、彼女だけがその遮断を解除できるようにした。

司令室の要員が到着しはじめた。だれひとり、彼女に必要以上の注意をはらおうとしない。いつもそうだった。だが、ギンセンはいま、敵対的な空気がひろがる気配を感じていた。

　そのときはまだ、要員たちには予感すらなかった……ほんとうはどんな話になっているのか。

*

「前に見えるのが《バジス》の瓦礫よ」彼女は淡々と説明した。「パーツといったほうが適切なんだけど。《バジス》は破壊されたわけではなく、分解されただけだから……でも、結果は同じ。これまで、この金属とプラスティックの群れはハミラー・チューブに守られていたから、おそらく損傷したり失われたりしたパーツはひとつもない。ところが、このチューブは言葉がほとんど意味をなさない状態なのよ。すくなくとも、〝なぜ〟《バジス》がこのように分解されてしまったのか、聞くことはできない。わたしはとにかく、状況を受け入れることに……」

「どんな状況です？」ウーメが口をはさんだ。「はっきりいってくださいよ！」

　ギンセンはかれの発言に、揶揄《やゆ》するような口調を感じとった。表には出さなかったが、彼女の心のなかは煮えたぎっていた。乗員にできるだけ穏便に、真実への心構えをさせたかったのに。その可能性を、かれに奪われてしまったのだ。

「そうだ！　いってくれ、ギンセン！」通信士のひとりが叫んだ。

「わかったわ、あなたたちがどうしてもというなら……ハミラー・チューブは《バジス》のパーツをもう守れなくなったのよ。あなたたちも、あの船が人類にとってきわめて重要だという点に、異論はないわね。だから、だれかがあの船を監視しなければならない。それに選ばれたのが、この《モノセロス》なのよ」

「ちょっと待って！」サニー・リンが口をはさむ。彼女は赤毛の物理学者。中背で、スリムではない。よく通る高い声は、攻撃的な響きを帯びていた。「そんなこと、そうかんたんに同意できません。銀河系船団ののこりの船はどこにいるんです？」

「わたしだって、同意しているわけじゃない」ギンセンは慎重に答えた。「でも、やむをえない事情で拒否できなかった。《モノセロス》がこの監視役を引き受けることになったのは、この船の乗員が、ほかの乗員よりも精神的にやや安定していたからなのよ」

「そんなことは訊いていません」サニーは食いさがる。「船団ののこりの船はどこ、と訊いているんです。探知してもなにも見えないので」

「ほかの船は飛行をつづける。われわれだけがのこるのよ」

　これですべてが、はっきりした。

　ギンセンは緊迫した空気をからだで感じた。多くの乗員の顔に、その色がはっきりと浮かんでいた。ウーメは毒をふくんだ満足感から、にやりとする。サニー・リンは数名の乗員とともに、信じられないようすで、なにもうつらない探知スクリーンを見つめるばかり。船の主要な技師であるピダー・ダウードとエンロ・チャルタルは、船長に対して怒りをあらわにした。

「みんな待って、勝手にしゃべり出さないで。その前にいっておきたいことがある」ギンセンは司令室の中央に立った。「もう、われわれにできることはなにもない。もちろん、われわれは七百年近くの年月を失い、家族や友は死んでしまった。わたしも、あなたたちの大半と同じ境遇よ。でも、われわれはあくまで自由テラナー連盟の一員。複数の契約に署名しており、それによって、さまざまな面で拘束される。われわれは命令を受けた。その内容は〝ほかの船がもどるまで《バジス》を監視せよ〟。われわれには、この命令を遂行する責任がある。

　もちろん、けっしてたやすい任務ではない。われわれの敵は退屈と孤立だ。でも、敵は外からもやってくる。この宙域にあるのは、《バジス》のパーツだけではないから。船のちいさな残骸も、いくつも漂っている。もうだいぶ前から、カルタン人とハウリ人が、この瓦礫の山を掠奪しようと狙っているのよ。ハミラー・チューブにかわって、これからはわれわれが、かれらを阻止しなければ。《モノセロス》にはその力があることを、見せてやるのよ！」

　しばらく沈黙がつづいた。

すると、ウーメが口を開いた。かれの名はウーメ・ビラボング。副操縦士で副長だ。

「すばらしい展望だ、ギンセン。いま、ありのままを話してもらった。これでみんなわかったな。今後の数週間がどうなるか。あるいは今後の数カ月……もしかすると、永遠に待つことになるかもしれないぞ。まあ、いいさ。どうなるかお楽しみだな」黒い肌とふくらんだ唇を持つこの小男は、このときまでは、愉快そうな顔つきに見えた。ところが突然、かれの表情が一変した。

あまりの驚きで、ギンセンは思わず二歩、あとずさった。ウーメが責めるように伸ばした手が、暴力行為を感じさせたためだ。彼女は目を疑った。よりによって副長が……

「なにをする気、ウーメ?」彼女の声は、冷ややかでおちついていた。

「わかってるくせに! あなたが任務を引き受けたのは、たしかに、そうするほかなかったからだ。だが、そのあとあなたは、それを手遅れになるまで乗員に黙っていた。いまからではもう、だれもここを抜けられない。やり方が汚いぞ!」

ウーメは踵《きびす》を返し、司令室を去った。

ギンセンはかれを引きとめなかった。彼女はその場にのこった乗員を、見定めるように観察していたが、やがて自分の席に腰をおろした。

「ずいぶんないいぐさね」彼女はいった。「ウーメの発言は忘れましょう。さあ、仕事よ」

＊

「《モノセロス》がいるのは、Xドアから五百光年はなれた、ハンガイ銀河の近傍。ほかの船の動向もわかっている。二百の太陽の星と銀河系方面に遠征し、マゼラン星雲にも向かう予定。われわれのミッションも重要よ」

ギンセンは短い間を置くと、すばやい操作で、会議テーブルの中央にホログラムをうつしだした。全員がそれを注視する。そのなかにはウーメ・ビラボングもいた。彼女は不本意ながら、あの出来ごとを不問に付すことにしたのだ。だが、これからは警戒を忘れない。

「この宙域の画像を見て。いまはどこもしずかね。《バジス》のパーツとすべての残骸は、現在はほぼ均整のとれた楕円の球状空間を形成しているけれど、この形状は漂流によってつねに変化している。いつか、各物体は接近し、たがいにぶつかり合うようになる。それまでに、なにか手を打たないと」

「どうするんです？」エンロ・チャルタルがたずねる。かれは第三操縦士で首席技師。二メートルを超える長身で、とてもやせている。薄い白髪が肩まで伸び、いつも悲しげに見えた。ひと目ではだれも、かれがささいなことで激昂するタイプとは思わないだろう。

そのとき、ギンセンは思い出した。彼女はウーメではなく、かれの抵抗にあうと予想していたのだった。だが、それは目前に迫っているかもしれない。

「かんたんなことよ、エンロ」と、ギンセン。「われわれにはすでに、大半の物体の軌道と軌道速度のデータがある。でも、それを厳密に確認したい。そうすることで、知らぬまにだれかがこの宙域に忍びこむ危険を、低減できるから」

「忍びこむなんて、どうせ不可能だ」ウーメが口をはさむ。

「それはまちがいよ」ギンセンは冷たくはねつけた。「外には十万を超える瓦礫があり、それぞれが固有の流れで、大半は残留エネルギーを放出しながら漂っている。慎重に近づけば、状況しだいでわれわれの探知をすり抜けられるわ」

「《モノセロス》のことを、だれが知っているというんです？」

「だれも知らないといいんだけれど。どうであれ、あらゆるリスクを回避したい。いまのところ、ここにいるのはわれわれだけ。この状態を維持できるようにしましょう」ギンセンは会議テーブルの上にうつしだされたプロジェクションを見て、はじめて気づいた。恒星や惑星からはるかにはなれたこんな宙域のために、われわれは時間の見通しもつかぬまま、全力を傾注しないといけないのだ、と。

「それでどうするんです？」エンロ・チャルタルがふたたびたずねる。

「《モノセロス》は、瓦礫の群れの辺縁部に位置をとる。搭載艇を散開させ、この宙域を再測定する。あらたな星図を作成して、すべての瓦礫の軌道を再確認したい。それが終わったら、シントロニクスが動きを分析する。もしかすると、完全なデータセットから、《バジス》がどのように分解されたのか、推測できるかもしれない。それに、いつ最初に瓦礫が衝突するかがわかる。そんなことが起きてはならないので、万一の場合には回避策をとらなければ」

「そんな計算はもう、ハミラー・チューブがやってますよ」ウーメが口をはさむ。

「ハミラー・チューブは錯乱状態なのよ」ギンセンは冷静に応じる。「指示どおりにして。この作業が終わったら、また、あらたな行動計画を考えましょう。ウーメ、あなたには、今後はもっと建設的な提案をしてもらいたいわね」

2　パトロール飛行

ロン・ハルトウィックは、ギンセン・カルトゥが司令室を出たことが確実になるまで、待っていた。かれはスペース＝ジェットの指揮を、ちょうど通信システムで仕事をしていたアコン人女性にまかせて、ここにきた。いまはどうせ、なにも起きることはない。

モノセロス＝13は格納庫に係留されている。

かれを通廊で見かけても、だれも驚かなかった。まだ、監視役を押しつけられた怒りが強すぎて、勤務スケジュールに注意を向ける者はだれもいなかったから。

かれは入口のハッチから、《モノセロス》の操縦席のあたりを用心深くのぞきこんだ。ギンセンはどこにも見あたらない。そのかわり、ウーメ・ビラボングが、すこしはなれたコンソールの前にすわっていた。この副操縦士はスクリーンを注視しながら、キイボードでデータを入力している。まだまにあえばいいが、とロンは思った。

かれは心ここにあらずのようすで、司令室内の知り合いたちに挨拶した。かれの心臓は破裂しそうだった。

「やあ、ウーメ」

「ああ、きみか！」この小柄で肌の黒い男は目をあげると、やさしい笑みを浮かべた。「わたしになにか用か？　スペース＝ジェットになにか問題でも？」

　ロンは自分の顔が紅潮するのを感じた。

「問題というわけではないが」と、ロン。「《モノセロス》の搭載艇はすべて、瓦礫エリアのパトロール飛行に駆りだされると聞いたんだ。ということは、十三号もそうか？」

　かれは緊張したようすで、右手に持った袋をまさぐる。袋の口から冷気が流れでて、凍った中身が徐々に温まっていく。

「全機ではないんだ、ロン。三機は緊急時のために、船内で待機することになる。きみたちは待機組だよ。残念だが」

「そうじゃないかと思ったんだ、ウーメ。だが、了解できない」

　ウーメはてのひらを開き、すまなそうな身ぶりをした。

「知ってのとおり、シントロニクスが決定したんだ。きみたちにもいずれ順番がくるさ。それも、たぶん早い時期に」

「その決定をとり消してもらえないか？」ロンはたのんだ。かれは神経質そうにあたりを見まわし、だれもかれらの会話に気づかないよう願った。

「もちろん、とり消すことはできるが」ウーメはかれを見つめた。「理由はなんだ？　なにか思うところがあって、ここにきたんだろう？」

数秒間、沈黙がつづいたあと、ロンはやっと答えた。

「そのとおりだ。これをきみにもらってほしい」かれはウーメの前のコンソールの上に袋を置いた。「ささやかな賄賂《わいろ》だ」

ウーメ・ビラボングは袋に手を伸ばすと、霜のついた缶詰を袋から出した。

「なんのつもりだ？」

「これは地球の高級食品で、特別な日のためにとっておいたものだ」

ウーメは椅子にすわったまま、疑り深い目つきでかれを見た。

「どうもなにか、思いつめているようだな、ロン。よかったら事情を話してくれないか？　まず聞こうじゃないか」

ロンは口ごもりそうになり、そんな自分がいやだった。かれはつねに自信に満ちた弁舌さわやかな男とみなされていた。ところがいまは正反対だ。

「赤毛の物理学者、サニー・リンのことなんだ。彼女のことはだれもが知っていて、みんな狙っている。でもわたしは、かれらとは違う。本気でサニーを好きになってしまったんだ」

「そのことと、わたしへの賄賂に、どういう関係があるんだ？」

「かんたんなことさ。瓦礫のある宙域の調査とパトロールのために、研究者が搭載艇に配置されるだろう。サニーをモノセロス＝13に搭乗させてくれないか。彼女に接近できるチャンスがほしい。だからぜひ、第一陣で飛びたいんだ」

やっといえた。ロンはまだ、だれにもこの話をしたことがなかったのだ。サニーがかれと同じように、七百年のあいだに家族を亡くしたかどうかはわからない……結婚や婚約をしていたのかどうかも。だが、もうなにもかれをとめられない。かれを引きさがらせることができるのは、サニーだけだ。だが、かれはその可能性を考えることすら、できない状態だった。

「なぜ、わたしにたのむ？」ウーメはたずねた。「なぜ、ギンセンにたのまない？」

「〝彼女〟にだって？」

ウーメは笑った。

「気持ちはよくわかるよ、ロン。もちろん、きみの行動は正しくない。だが、きみにチャンスをやるよ、あまりに一生懸命だから……モノセロス＝13も飛行させることにして、サニーを搭乗させる」

ロンはおちつこうとしたが、胸がますます高鳴るばかりだった。

「ありがとう、ウーメ。このことは忘れないよ」

「いいんだ。それと、きみの賄賂は持ち帰っていいよ」ウーメは水滴のついた缶詰の縁のにおいをかぎ、悲しげな顔をした。「こいつはどうせ腐っているから」

＊

スペース＝ジェットのモノセロス＝１３は、船内ではたんに〝十三号〟と呼ばれている。この艇は全長が三十メートル強で、二枚の皿を重ねたようなかたちだ。中心軸の位置で高さは十メートルほど、そのうち、二メートル半は透明の司令コクピットが占めていた。まだ新しい艇に見える。それは出動経験がほとんどなかったからだ。このきれいな外観はもう、長くは維持できないだろう。まもなく、瓦礫の群れのなかで長い時間をすごすことになるから。ロン・ハルトウィックはそれをよろこんだ……《モノセロス》の大半の乗員のように、内部業務にいそしむはめになるより、よっぽどましだった。

スタートまでまだ三分ある。

ロンはぴりぴりしていた。サニー・リンがまだあらわれない。かれには船内にサニーの呼び出しをかける勇気はなかった。ただし、規定には、乗員と乗客は出発の十五分前までに搭乗しなければならないと明記されている。意味のない規定にはちがいないのだが。スタート準備はおおむね、シントロニクスだけで完了できたから。それでも、ロンは心配だった。彼女がまにあってくれるといいが。

「なにしてるの？」

探知担当で副操縦士のアレーナ・アン・ツァアスが、ちいさなエアロックのなかに立ち、いらいらしたようすでかれを見つめていた。彼女は漆黒の短い髪をして、スリムなからだに乗員用コンビネーションを着用している。

「彼女がまだきていないんだ」

「そのようね、ロン。あなたはもう、スタート準備を完了しないと」

「すこしだけ待ってくれ」

かれはアレーナをよく知っていた。彼女とは非番のときによく、《モノセロス》のプールでいっしょにすごした。だが、彼女はたんなる友人で、それ以上ではない。ロンは彼女のことを、この全長二百メートルの船のなかで知っている、だれよりも好きではあったが。

ようやく、ちいさいホールの片隅にあるハッチがスライドした。ぎりぎりのタイミングで、物理学者があらわれたのだ！　ロンは彼女に向かって、手で急げと合図した。

「急いで！　すぐに出発だ！」

「おちついて、ロン。スタート時間をのぞけば、なにもプレッシャーはないんだから。予定どおりにいかなくても、シントロニクスが一秒後に新しいスケジュールを算出するわよ」

かれは彼女が自分の名前を知っているとは思わなかった。彼女のおちついた足どり、明るい声、いつも違うスタイルの暗赤色の髪に、かれは心を奪われた。ささいな遅刻で彼女をたしなめることなど、かれにはできなかった。そもそも、彼女はかれの乗員ではなかったし。

　彼女のうしろで、ハッチが自動的に閉まった。反重力リフトがコクピットまで上昇する。アレーナ、通信士、技師ら全員がすでに席に着いていた。研究部には二名の専門家がいた。ロンはかれらをよく知らなかったが、つき合いかたは心得ていた。

「スタート！」アレーナが叫んだ。ロンはまだ、操縦席にすわってもいなかった。同時にエアロックのバリアが消え、推進装置が十三号を自由空間に発射した。瓦礫エリアの方向へ針路をとる。

　ロンの横にサニー・リンがすわっている。かれは彼女の存在を、苦しくなるほど意識していた。彼女がなぜか、自分をじっと見ているような気がするのだ……そんなはずはない、とかれは思った。彼女はこれまで、かれのことなどまったく眼中になかったのだ。

「ちょっと気になることがあるんだけど、ロン」彼女はいった。その声には攻撃的な響きがあった。「わたし、乗員の配置予定をきのう見たの。なにかおかしなことが起きたはずよ。だって、わたしはモノセロス＝１０に搭乗予定だったから。あなた、この意外な配置替えの事情を知っている？」

　ロンは自分が赤くなるのを感じた。

「たまたま、そうなっただけだよ」かれはいい張った。「わたしにもわからない」

「まあ、いいわ。それなら、研究部を見てくる。またあとでね」

彼女はほほえんで立ちあがり、司令室を出た。かれはハッチが閉まるまで、彼女のうしろ姿を見つめつづけた。どうして彼女にわかったんだろう?

*

瓦礫の群れがあるエリアは、現時点では長さがおよそ五百三十キロメートル。厚さは十八キロメートルほどしかない。エリア自体はたいした規模ではなかった……もし、《バジス》の十万のパーツと、カルタン船とハウリ船の無数の残骸によって、このエリアが迷宮と化していなければ。

ハンガイ銀河ははるか遠く、その光がこの瓦礫の墓場をかすかにでも照らすには、はなれすぎていた。ハンガイはもともとタルカン宇宙の銀河で、ここでは異物だ。ハイパー走査機でないと、この銀河の画像をとらえることはできない。

「見たいものがある」と、ロン。

シントロニクスはなんのことか理解した。ぼんやりしたグレイの画面から、近傍空間の画像が浮かびあがった。残光増幅装置と輪郭探知機が、細部まで鮮明にうつしだす。ロンたちはこのエリアの辺縁部に進入したばかりだった。《モノセロス》は数万キロメートルはなれた場所で、散開した搭載艇を監視している。

　ロンはスペース＝ジェットを手動で操縦する。

　すぐ前方を、ふぞろいなかたちをした金属の塊りが漂っていく。その由来は不明だが、《バジス》のパーツではない……ハウリ船の残骸のようだった。

　かれの隣りの席にはサニーがすわっている。彼女は外で起きていることよりも、コクピット内の出来ごとに関心があるようだった。かれはどうやって彼女の視線を無視できているのか、自分でもわからなかった。瓦礫の群れに目を奪われていたおかげかもしれない。《バジス》……この船は、セト＝アポフィスに対する出撃や、無限アルマダでの作戦に参加した。宇宙ハンザの初期、ネーサンがこの船の部品をつぎつぎと地球軌道上に放出。それらの部品を組み合わせることで、この宇宙船は生まれたのだった。まるで、魔法によって組み立てられたかのように。

　そしていま、《バジス》はここに漂っている。組み立て前だったあの当時のように、分解された状態で。

「おもしろいことはなさそうね」と、サニー。

　退屈そうな口調をロンは感じとった。まるで、外の退屈な光景を〝かれ〟のせいにするようないい方だった。どうもこの女性は、ロンを意のままにあしらえると感じているようだ。

かれは退屈だとは思っていなかった。

はるかかなたに、遠くはなれた銀河の光の帯がかすかに輝いている。近くにはわずかな星しかない。そこはハンガイ銀河、三角座銀河、そのほかの未知の宙域のあいだにある空虚空間だ。そんな空間を、十万ものパーツと無数の船の残骸が、冒険的な場に変えていた。カルタン人やハウリ人がやってくるかもしれない。だが、《モノセロス》とその搭載艇で、どんな掠奪計画も挫折させるのだ。

「ちょっと見ろ!」ロンは叫んだ。「この四つの瓦礫を!」

すこし先に、船の残骸が三つと、《バジス》のパーツがひとつ、漂っている。このパーツの正体は、ロンにはさっぱりわからない。装置類がいくつもフランジ固定された、格納庫の壁のようだったが、まったく違うものかもしれない。残骸のほうは、頭のなかで組み立ててみると、カルタン人のトリマランの船首ができあがった。

「すぐに衝突するな」かれは確信した。「たがいに、たがいのまわりをまわっている」

「おかしいわね」探知担当で副操縦士のアレーナがいった。彼女は座席前のモニターを疑わしそうに見つめる。「いまのところ、衝突する統計的な確率はまだとても低いわ」

「統計なんて関係ないわよ」サニーはいった。彼女はとがめるような視線をアレーナに投げた。「ここで問題になるのは、衝突が発生するかどうかだけ。どうもそのようね」

「シントロニクスに計算させよう」かれがあわてて口をはさむ。艇内でもめごとはごめんだった。「すぐにわかるから」かれはアレーナの視線が怒りを帯びているのを感じた。その視線はなぜか、サニーではなく、かれに向けられている。数秒後、分析結果が出た。瓦礫は数秒内に衝突する、と。

「衝突を阻止しないと」サニーは決然と、十三号の牽引ビーム・プロジェクターのプログラミングを開始したが、ロンはそれではまにあわないと思った。

かれは金縛りにあったように外を凝視した。瓦礫が危険ゾーンに接近する。四つの金属の塊りは裸眼でも確認できた。かれは即座にコクピットの照明を落とした。照明の光が反射して、視界が妨げられないように。

衝突が発生する前に、なにかが起きた。ふたつの瓦礫が軌道を変えたのだ。ほかのふたつは、どちらもトリマランの船首の一部だったが、はげしく衝突して砕け散った。《バジス》のパーツはじゃまされることなく、漂流をつづけている。

「見たか？」かれは驚いていった。「なにも理由がないのに……引力はないし……」

かれはボタンを押し、コックピットの照明をふたたび点灯させた。

「なにかあったの？」サニーはあの出来ごとを見ていなかった。

「ふたつの瓦礫が突然、方向を変えたんだ」かれは説明しながら、自制するのに苦労していた。サニーはほんとうに美しすぎる。もう降参だった。

「ありえない」と、サニー。「この外ではそうかんたんに、方向を変えられないわ」

「でも、起きたんだ」ロンはあくまで主張する。「アレーナ、きみも見ただろう！」

彼女はそっけない視線を、最初はかれ、次にサニーに向けた。

「さあね」彼女はわからないふりをした。「この女をここに呼んでから、ロン、あなたには彼女しか見えていない。目がどうかしてるのよ」アレーナは立ちあがり、挑発的な足どりでコクピットを出ていった。

ロンはもちろん釈明したかった。だが、もう意味がなかった。サニーは最初からわかっていたといいたげに、眉をつりあげた。彼女も出口に向かった。ロンは引きとめなかった。かれは汗でぬれた手を椅子のカバーでぬぐう。かれにとって他人は前々から、予測のつかない存在だった。だがきょう、ふたりの女性の例を見て、いかに自分がものごとにうといかがわかった。

かれはべつの席にいたふたりの男性に、とほうに暮れた視線を向けてから、自分のスクリーンに向きなおった。

*

「明々白々じゃないか」ウーメ・ビラボングはいった。「きみは目も耳もふさぎ、まわりでなにが起きているか気づかなくなっている。そんな印象を、ときどき受けるよ。事情をよく知らなかったら、きみは宇宙発作だというところだ。でも、きみは恋をしているだけ。典型的な恋わずらいだよ、年にすくなくとも三、四回はこじらせる……」

「たのむよ、ウーメ！」ロンはいらだって頭をうしろにそらせた。「それは自分でわかっている。きみのアドバイスがほしくてきたんだ。もう、なにがなにやら……なのに、そんなわかりきったことをいうなんて」

「あまりにわかりやすいからさ、ロン」黒い肌の小柄な男はほほえみを浮かべ、椅子に腰をおろした。この時間、談話室にいるのはふたりだけだったので、会話を聞かれることはない。

「なら、いってくれよ。どう思うんだ」

「いいだろう。われわれは七百年もの時間を飛びこえたんだ。地球や銀河系のほかのどこかに親族をのこしてきた者も多いが、友はだれもが失った。それが悪影響をおよぼしている。おぼえているか、《シマロン》のあの格納庫主任がおかしくなったことを。かれは船を爆破しようとしたんだぞ。それほど過激ではないにせよ、だれもがなんらかの反応はしめしている。ここ、《モノセロス》でも、あらたな社会構造が形成されつつあり……」

「端的にいってくれ、ウーメ！」ロンがさえぎっていった。「科学的な話はもういい。わたしは、どうなっているのか知りたいだけだ」

「つまり……サニー・リンとアレーナ・アン・ツァアスがいい例だ。彼女たちはあらたな関係をもとめている。アレーナはどちらかというと内気でひかえめ。サニーは正反対だ。彼女はどうすれば男にうけるか、わかっている。そのせいで、すこし自信過剰に見えるし、みんなに注目されるのを楽しんでいる」

ロンは不満そうな目でウーメを見た。かれは副操縦士のすぐ横にある、椅子の端に腰をかけている。

「そこまでは、たしかにきみの分析どおりかもしれない。だが、それをわたしの状況に、どうあてはめたらいい？」

「かんたんなことさ」ウームはほほえんだ。「アレーナは嫉妬しているんだ。彼女は新しい関係をきみにもとめているようだね。きみがそんな幸運にふさわしいかどうかはべつとして。その結果が、きみたちの今回の飛行に対する彼女の反応だ。サニーはどうかって？　彼女はきみをもてあそんでいるだけだ。きみにチャンスはないから、彼女に執着するのはやめたほうがいい」

「そんな……」

「深刻に考えるな。アレーナとつきあってみたらどうだ？　彼女は感じがいいし、きれいじゃないか」

「そのアドバイスは気にいらないよ、ウーメ。わたしは、いまのこの状況がいやなんだ」

「事情からすれば、不思議はないよ」

ロンは壁を見つめていた。〝不思議はない〟？　ふと、かれは例の四つの瓦礫を思い出し、《バジス》のパーツがどの計算にも反して、衝突を回避した瞬間が目に浮かんだ。だが、それがかれの問題とどういう関係がある？　関係はない、とロンは自分にいい聞かせた。冷静に考えろ、自分の問題はサニー・リンだ、と。そしてとうとう、かれはこの問題に挑む方法を思いついたのだ。

*

「ハロー、ロン」

この挨拶をのぞいて、アレーナはかれにまったく注意を向けようとしない。かれは悲しかった。彼女とはタルカンに出発してからずっと、楽しい時間をすごしてきたのに。アレーナは自席にすわるとコンソールに向かい、なにかどうでもいいことを処理していた。十三号はいま、格納庫にいるので、探知担当の彼女は《モノセロス》を探知するほかない状況だった。

「アレーナ、きみは一日じゅう、モニターをにらんでいるつもりか？」

返事はない。ロンはもうそれ以上、彼女にかまわなかった。かれにはもっと大事なことがあったから。ただ、このアコン人女性が司令室にいてもらってはじゃまになる。でも、もしかれがデータを呼び出しても、彼女は目もあげないかもしれない。かれは司令コンソールの上に前のめりになった。十三号の乗員はだれもが緊急時にそなえ、みずからの滞在予定の場所をインプットしていた。もちろん、それが極秘情報だということはかれの頭にあったが、そんなことを気にしてはいられない。

スクリーンに三つの名前が表示された。サニー・リンの名前もそこにある。すくなくとも計測作業中は、彼女は乗員のひとりだ。シントロニクスは彼女の滞在場所として、《モノセロス》の二カ所の乗員用食堂と船内プールをあげた。ロンはスイッチを切った。

「またあとで、アレーナ」かれはいった。「四時間後に交代しよう」

「じゃあね」

かれはコクピットを出て、反重力リフトで下におりた。外では二体の保守ロボットが、十三号の外殻付近で作業をしていた。微小隕石が衝突してできたちいさな亀裂を接着装置で埋め、外殻構造の安定性をチェックする。ほんとうは不必要な作業であることを、ロンは知っていた……かれらはハンガイ銀河の外側にいる。ここまではまだ、その光すらとどかない。宇宙の残骸がとどくには、まだ十万年以上、かかるだろう。つまり、この物質の平均密度は、ふたつの銀河のあいだの空虚空間のそれに等しい。それらとこの空間を区別するのは、《バジス》のパーツだけだった。

《モノセロス》船内の通廊は、通常よりも多くの人々であふれている。その多くは、余暇にすることを探していた。能力の向上をはかりたい者もいれば、たんに退屈をまぎらわせようとする者もいる。ロンはそこに漂う、抑圧された緊張感に気づいていた。

船長は今後、対処が必要になるだろう。こんな状況で規律をたもつのは容易なことではない。かれらはすぐに、ハウリ人やカルタン人の攻撃を待ち望むようになる。そうロンは思った。

だが、かれの問題はサニー・リンだった。

かれはまず、シントロニクスがあげた食堂を探すことにした。第一食堂、第二食堂の順に探したが、物理学者はいなかった。のこるはプールのみ……ただ、このリストに拘束力はないため、プールにも彼女がいるとはかぎらなかった。

《モノセロス》のプールはちいさい施設で、乗員の居室がある区画の端にあった。更衣ロッカーが三十台、設置されており、希望があればプール用品も利用できる。ロンは膝丈のカラフルな模様の水着を選び、シャワーを浴びると最初のエリアに入った。プロジェクターが草の生い茂る、ひろびろとした川辺の風景をうつしだす。上方から太陽のような人工陽光が降りそそぐ。

もちろん、ロンは知っていた。芝生の生えたちいさなエリアだけがほんものだ……そのほかの、川幅の最初の六メートルから先に見えるものはすべて、人間の目にうつるシミュレーション映像だった。

芝生の上には十名ほどの乗員が、無言で寝そべっていた。ロンはそのなかの三名は顔を知っていたが、そこにサニーはいなかった。彼女がプールにきているとしたら、ほかの三つのエリアのどこかにいるはず。かれはすぐさま泳ぎはじめ、最初の重力カーブにさしかかった。すると一瞬、方向感覚を失ったような感じがして、たちまち眺めが変化した。頭上には緑の太陽が輝き、左手にはおだやかな海、右手にはなだらかな小石の丘。このエリアにはだれもいなかった。

ロンはふたつめのカーブを過ぎても、運に恵まれなかった。南洋のプロジェクションはとても人気だったが、そこには見知らぬ人しかいなかった。プールで見つからなかったら、あとはどこを探したらいいだろうか？　だめもとで、研究部か、乗員用の居室か……

とうとう、かれは幸運をつかんだ。

彼女ともうひとりの女性、ふたりの男性が、羽根のように軽いプラスティックのボールで遊んでいた。彼女の赤毛は乾いているようだったが、そう見えるだけかもしれない。その女性は何度も水にもぐっては、また浮きあがった。髪はまだ、乾いているように見える。

「サニー！」かれは叫んだ。

彼女が振り向く前に、かれは息を吸いこみ、水中に沈んだ。その顔はサニーではなく、もうひとりの女性だったのだ。さいわい、その女性にもふたりの男性にも、かれは気づかれずにすんだ。

物理学者はどこだ？　ロンは混乱して首を振ったため、水を飲みこんでしまった。先を急がなければ。重力カーブの向こうで彼女に追いつきたい。かれは急いで足で水平の体勢をとると、クロールで泳ぎはじめ、カーブにたどりついた。すると、彼女が見えた。日光浴ができる芝生の手前にいる。ふたりの女性がかれを無遠慮だとののしったが、かれは無視し、彼女のすぐあとで更衣室にたどりついた。

サニーは裸で立っていた。

「やあ」と、ロン。「さっき、呼んだのが聞こえなかったかい？　きみと話がしたくて……」

ロンはこの場でとにかく話すことができて、うれしかった。彼女はかれが想像していたよりも、さらにすてきだった。髪は乾いているように見えたが、からだはびっしょりだ。彼女の表情は……それを見るや、かれは発言の途中で黙りこんでしまった。不意に気づいたのだ。彼女はかれの声を聞いていた、だから急いで姿を消したのだ、と。

「もういいわ、ロン。勝手にしなさい」彼女は憤慨していった。「でもこれ以上、つきまとったり、追いまわしたりしたら、ギンセンにあなたのことを相談するから。わかった？」

ロンは言葉を飲みこみ、もうひとことも発することができなかった。ただうなずき、悲しそうに彼女を見つめた。

「ならいいわ」彼女の攻撃的な視線に、かれは背筋が寒くなった。彼女の肌を流れおちた水滴が、足もとにたまる。「わかってもらえたようね。じゃあ、出ていって！」

3 幽霊の顔

キャビンのハッチをだれかがノックする。ピダー・ダウードは半分からになったボトルをわきに置いた。胃潰瘍がまた、かれを悩ませていたが、心地よい暖かさが痛みを追いやってくれる。

「ちょっと待ってくれ！」

NGZ一一四三年五月なかばのことだった。この暦がまだ通用すればの話だが。それも、銀河系船団のほかの船なら調べようもあったろうが、かれらは六週間以上もこの場所から動けない状態だ。

かれはだるそうにハッチのほうを向いた。身長は百八十センチメートルほどで、かなりかっぷくがいい。後頭部がはげているが、それはわざと剃っているように見える。ピダーはいま、なにかと誤解されていた。まじめさに欠ける、などと非難を受けている。それは正しい部分もあるとかれは認めるが、瓦礫の墓地でこのような孤立した境遇にあるいま、もうすこし思いやりがほしいと思うのだった。

ハッチの前にいたのはウレーデ・パルネレだった。

「これは驚いた」かれは愛想よくいった。「さあ、入ってくれ。なにか飲むか？　内気なきみがわたしを訪ねてくれるとは思わなかったよ」

ウレーデはかれの挨拶のことばを、不快そうに手の動きではねつけた。

「一時間後の会議に、わたしたちは出席するでしょう……だから、いい機会だと思ったのよ」

彼女はかれよりもすこし背が高くてスリム、ブロンドで色白だった。もちろん、彼女はかわいかった……この点でピダーは大半の男性乗員と意見が一致する。だが、彼女はエロティシズムをまったく感じさせなかった。

「なんのいい機会だ？」かれは突然、怪訝《けげん》そうな顔に変わった。

「話をする機会よ、もちろん」彼女はなにかを懸命に伝えようとしているようだ。「あなたにいいたいことがあるの。ほかにだれもいう人がいないから。ピダー、あなたはイスラム教徒でしょう？」

「そのとおりだ。わたしはアッラーと現代コーランを信じている」

「じゃあ、なんでそんなにたくさん、アルコールを飲んでいるの？　イスラム教徒は飲酒を禁じられているはず！　それに、また口からにおうわよ」彼女は鼻の前を手であおぎ、非難するような表情をした。

「そのことか」ピダーはうんざりしたようすで、ため息をついた。ふたつの椅子の片方をあけ、腰かける。「わたしが飲むのは医学的な理由からだ。なぜ、だれも理解してくれないんだ？ 胃潰瘍のせいでわたしは生き地獄だっていうのに」かれは思わず苦笑した。ウレーデはまだハッチの前に立っている。「そうやって突っ立っているのは気にいらない。せっかくきたんだから、すわったらどうだ」

彼女はなにもいわずに、もうひとつの椅子に置いてあった服をつかみ、あいている棚にほうりこんだ。彼女はすわったものの、かれを好意的に見ていないことが、ピダーにはわかった。

「そんなこと、どうして信じられる？」と、ウレーデ。「わたしをばかにしてるのね、ピダー。あなたの胃潰瘍は、短期間の薬物療法が基本。あるいは、ちいさな手術が必要になるかも。でも、アルコールは必要ない」

「いや」かれは弁解する。「そこまで悪いわけじゃないんだ。それに、わたしには器質的な原因はない。心身症なんだよ。これは薬ではどうにもならない。いい酔い覚ましの薬もあるし。わたしが飲むような少量のアルコールなら、一秒もすれば酔いが消えるんだ」

「少量ですって？ あなたは大酒飲みだと聞いたわよ」

「ふんっ」ピダーは腹をたてた。「そう聞いただけだろ。自分の目で見たわけじゃない」

「偶然、耳にしたのよ。それで充分でしょう」

ピダーはウレーデをどうあつかうべきかと考えた。かれは彼女のでしゃばった行動への怒りをおさえるのに苦労していた。その一方、かれは彼女が好きだった……すくなくとも、こんな説教さえしなければ。なので、彼女をできるだけ穏便に追いはらうことにした。

「人がいうことは、正しいとはかぎらないぞ、ウレーデ」かれは父親のようなほほえみを見せた。「この瓦礫の墓地ではみんな、センセーショナルなことが大好きだ。なにも起こらないからな……ときたま、不審な幽霊が出るぐらいで。耳を貸すんじゃない。それにいま……」

ウレーデがかれの発言をさえぎった。

「あなたの宗教の件はどうなのよ？　あなたはイスラム教徒なのよ、ピダー！　アルコールはやめないと！」

とうとうかれは怒りだした。なぜ、このウレーデ・パルネレはのこのこやってきて、しつこく責めたてるんだろう？

「わたしの信仰はきみには関係ないと思うがね。それに、現代コーランは昔よりもおおらかだ。われわれは責任ある人間だろう！　すくなくとも、わたしはそうだ。だから、いつ、どれだけアルコールを飲むかは自分ひとりで決める」

「ピダー、あなたには心理療法が必要よ」彼女はいい張った。「原因は停滞フィールド。七百年の時を失ったことなのよ」

「もう出ていけ！」かれは思わず叫んだ。自分の顔が怒りで真っ赤になるのを感じた。ウレーデは驚いてかれを見た。無言で立ちあがると、かれを振り向くことなく通廊へと消えていった。

かれは彼女に悪いことをしたと思った。ウレーデのように内気な女性を、あんなに驚かせてしまうなんて。不機嫌そうにベッドをかたづけると、飲みたそうにボトルを見た。だが、ピダーは思った。彼女のいうことには一理ある。酒くさい息で会議に出るのはやめよう、と。

*

主要な乗員はみな、顔をそろえていた。

まず、船長のギンセン・カルトゥ。彼女のすました態度は、自然とほかの乗員を彼女から遠ざけていた。次に副長で副操縦士のウーメ・ビラボング。かれは船長のひそかな敵でもあった。エンロ・チャルタルは痩身《そうしん》の首席技師で、いつも悲しげでやや困ったような表情だ。そのほか、搭載艇の艇長と科学者が数人ずつ、もちろん、ウレーデ・パルネレとピダー・ダウードも出席している。

「では、会議をはじめる」ギンセン・カルトゥはいった。「わたしが見るかぎり、全員そろっているわね」

「ほかにすることがないもんで」ウーメ・ビラボングがユーモアたっぷりに口をはさんだ。「だれもこの会議を逃しはしませんよ……すくなくとも、ご招待にあずかった者は……」

何人かが小声で笑った。だが、ピダーはビラボングの言葉に、あてこすりがかくれているのを聞きとっていた。そこから幹部要員間の緊張関係が伝わってくる。ふつうならプラスに働きそうなものも、《モノセロス》船内では摩擦を増大させてしまうようだ。

「ほかの乗員も」と、ギンセン・カルトゥ。「出席する乗員によって、自分たちが代表されていると感じているわよ。もう、この件でよけいな議論はなし。協議が必要な、重要な問題がいろいろあるので。まず、搭載艇部隊の隊長から。ウレーデ、どうぞ」

全員の目がスリムな女性に注《そそ》がれる。ピダーは彼女の存在を恨めしく思い、そんな自分を数秒後には恥じた。彼女は背が高いにもかかわらず、まるで荷が重すぎる役割をまかされた、内気な少女のように見えた。かれは気の毒に感じそうになったが、自分のこの反応がもう正しくないことを、よく知っていた。なんといっても、彼女は搭載艇部隊の指揮をとっているのだから。

「われわれは瓦礫の墓場を、徹底的に計測しました」彼女はおずおずと話しはじめた。

「つまり、計測してはみたんですが。みんなもう、例のことは聞いているでしょう。最初の奇妙な出来ごとは、十三号の船載シントロニクスから報告がありました」そういうと、彼女は臨席している十三号の艇長、ロン・ハルトウィックに非難めいた視線を向けた。この件はかれ自身に報告義務があったから。「《バジス》のパーツと三つの船の残骸は、衝突するはずでした。四つの物体の軌道をすべて計算したんです。なのに、衝突は発生しなかった。その理由が見つかりません」

「計測はどうだった？」ピダーが顔しか知らない科学者が口をはさんだ。「なにがわかった？」

「すでにいったように、計測からはなにも。十三号のこの件に関するくわしい調査は、これからになる。でも、これは報告が必要な、最初の出来ごとにすぎません。六週間の計測活動中、さらに二度、軌道の変更を観測しました。ただし、距離がかなりはなれている点に違いがありますが。その噂はもう、みんな聞いて……」

「そのとおり！」ウーメ・ビラボングは重要な発言をするように見せかけて、いいはなった。「瓦礫の墓場には幽霊が出るってな」

　この発言を多くの乗員が不快に感じていることが、ピダーにはわかった。ピダー自身、いらだちをおさえきれなかった。

「よくもそんなことがいえるな！」かれは叫ぶと同時に、そのでっぷりとしたからだを椅子から半分、持ちあげて、ビラボングを非難するように指さした。「乗員のあいだに幽霊や魔術の噂がひろがるのも不思議はない。きみのせいだ！　きみに関する噂はいくつか聞こえてくるぞ」

「たとえば、どんな？」

「ときどき居室から、がらがらという音が聞こえるってな。骨を振って鳴らすような音だ。きみがシャーマニズムの儀式でもしてるんじゃないかっていう噂だ。きみの祖先のようにね」

ビラボングはしんらつな皮肉で返した。

「そんな噂を信じるなら、ピダー、きみのほうが迷信にとらわれているよ。すくなくともわたしは、幽霊と現実を区別することができる。それに、そんな儀式をする理由もない」

「もう、やめなさい！」ギンセン・カルトゥが冷静に割って入った。「個人的な争いはあとで決着をつけて。いまはウレーデが発言する番だから」

その色白の女性は、攻撃的な言葉の応酬におじけづいてしまったようだ。ピダーはまた、彼女を気の毒に思った。でもかれは、自分のことで精いっぱいだった。自分はみなに誤った印象を持たれてしまった。それを払拭《ふっしょく》するにはどうしたらいいだろう？　自分はけっしてくだらない噂をひろめたりしないし、ウーメ・ビラボングの行動をこっそり追跡したこともない。それに、よく考えてみると、自分の発言はばかげていた。たとえ、この副操縦士が自分のキャビンで〝骨を振って〟いたとしても、遮音性が高いので、通廊まで聞こえてこないはず。

　ピダーは、ウレーデの話がかれからそれて、よかったと思った。

「すでにいったように、衝突が寸前で回避されたことに説明がつきません。《バジス》のパーツのひとつを、例の観測から二十分後に調査しましたが、手がかりはまったくなし。そのため、二回めの計測を進めたところ、数々のずれが見つかったんです。つまり、瓦礫エリアは、シントロニクスが最初の計測時に算出した結果とは、ようすが異なるようです」

「瓦礫とパーツは共通の重心をとることを考慮しているか？」搭載艇艇長のひとりが発言する。「いつかはポイント・ゼロで、いずれにせよ大きな爆鳴が起きることになる」

「もちろん考慮しているわ」

「だが、あれはふつうの瓦礫じゃない」ウーメ・ビラボングが指摘する。「この外に漂う十万ものパーツは、組み合わせれば《バジス》になる……だが、だれにもわかっていないんだ。なぜ、この船が分解されたのか。あるいは、噂にあるように、みずから分解したのかどうかも。《バジス》は謎だらけだ。わたしはわれわれの記憶装置の記録を徹底的に精査したんだ。ハミラー・チューブだけでなく、消えた〝ホルトの聖櫃《せいひつ》〟についても。この船は宇宙の出来ごとの中心にいたんだ。コスモクラートや強者ともかかわりがあった。もしかするとこの船には、破壊を〝阻止〟するなにかが宿っているのかも……」

　ピダーは大きなうめき声をあげた。

「怪談はもうよせ！」かれはいった。「ウーメ、そんなばかげた話を、どうして公《おおやけ》の場でひろめたりするんだ？」

　ウーメはかれを射るような冷たい視線で見つめた。かれのユーモアはどこかにいってしまったようだ。

「ばかげた話なんかじゃないぞ、ピダー。きみには理解できないようだが。この船はもしかすると、肉体のない存在のすみかになっているのかも。あるいは、べつのなにか……われわれには得《え》体《たい》のしれない、なにかがいるんだ！　だれが停滞フィールドや七百年もの時間跳躍を予想できたか？　だれが数世紀前に、〝物質の泉〟とはなにかを知っていたか？　それでもきみは、船に肉体のない存在がすみついているという考えを、怪談だというのか！」

「もう、やめなさい！」

　ギンセン・カルトゥが権威者として冷静にふたりを制した。

「だれか、憶測以上のことをいえる人は？　だれもいないの？　では、なにか提案は？」

ピダーは会議参加者のだれかが発言するのを待ったが、この十五分間ではじめて、ほんとうの静寂が会議室を支配した。

「では、わたしが決めるわ」彼女はいった。「ウレーデ、搭載艇の計測飛行をつづけて。うまくいけばなんらかの、計測が困難な重力関係を検証できるかもしれないから。研究部には、最高のパフォーマンスを発揮してほしい。最近、われわれはほとんどプシオン技術にとり組んでいない。そのきっかけが存在しなかったようだけど。状況はまさにいま、一変していて、われわれが気づいていないだけかもしれないから……じゃあ、これで会議は終わりにしましょう。でも、あと数分、このままでお願い。サニー・リンから要望があるそうなので、話してもらうわ。必要があれば決定しましょう。どうぞ」

ピダーは期待をこめて耳をかたむけた。

かれはこの赤毛の女性が、物理学者のひとりであると知っていた。彼女はほっそりした体形ではないが、船内の大半の女性よりもきれいに見えた。

「わたしたちは、船内プールについて考えてみました」サニーは語りはじめた。「乗員の多くは、《モノセロス》の船内は、あまりに退屈だと感じています。なので、プールの四つのエリアで投影される風景を変更したほうがいい。そのデザインのコンペをしたらどうでしょう。エリアごとに。あるいは、制作チームを編成してもいい」

突如として静寂が終わりを告げた。

喧々囂々《けんけんごうごう》とした議論がくりひろげられた。ギンセン・カルトゥは秩序を重んじる傾向が強いが、この無秩序な議論をなぜか黙認している。ピダーが彼女の顔をよく見ると、かすかな笑みすらたたえている……この一見、矛盾するような表情の意味を、かれは最初、理解できなかった。だが、じきにわかった。この船長は、もっとも近い銀河から一万光年もはなれたこの場所で、彼女が提供できる有効な気晴らしを、必死に探しもとめていたのだ、と。

当然のことながら……この会議の本題については、解決策に一歩も近づけなかった。この船の外にはなにかがいる……あるいは、なにかが起きているというのに。

乗員たちはプール問題に熱中した。このことと、漠然とした外からの脅威は、いさかいが度をこすことを防ぐ効果はあった。だが、ギンセン・カルトゥは見逃していた。乗員たちのそんな態度が、どれだけ危険なことであるかを。なにが起きているかを、突きとめるべきだったのだ。あの怪談はばかげた話で、ピダーはむしろ、自分の目でたしかめたくてたまらなくなった。例の瓦礫がどのように、あらゆる計算に反して軌道を変更したのかを。さらに、議題にさえも上らなかった、あることについても。瓦礫の墓場のエリアには、カルタン船やハウリ船の無数の残骸が漂っている。これらの残骸でどんな内なる生命が育《はぐく》まれていたのか、だれも知らない。生きている者はもう、そこにはいないとしても、ポジトロニクスやシントロニクス、あるいは、そのほかの思考マシンのいくつかは、数々の戦闘を切り抜けてきたにちがいない。

ピダーは壁のスクリーンを見つめた。そこにはなにもうつっていない。遠くに光源がいくつか見えるだけ。瓦礫が通り過ぎるが、なにも探知されない。いや、とかれは考えた。気にくわないのはウーメ・ビラボングが、《バジス》が生命を宿すかのように話したときの、あのいい方だった。だが、その考え方の基本的な方向性はまちがっていない。生命……おそらく、この外にはなにかが存在している。あるいは、一連の騒動はギンセン・カルトゥが考えだし、巧妙な陽動作戦として仕組んだものかもしれない。

その可能性ですら、はっきりとは排除できなかった。ピダーは、そんな見方を考慮に入れることと自体、憂慮すべきことだと思った。かつての日々の安心感はもうない。真っ黒なスクリーンを見ているうちに、かれは突然、不安の戦慄に襲われた。安心感……たりないのはそれだった。この外ではなにが起きてもおかしくなかった。

かれはなんとか心をおちつかせ、サニー・リンを見た。この赤毛の物理学者は、その美しさと人柄で、みなの注目を集めていた。ほかの者は気晴らしに興じている。自分も参加しよう、とかれは思った。かれの視線がウレーデ・パルネレに向いたのは、ほんの二、三回だけ。このスリムな女性は、存在感を消す才能に恵まれているかのようだった。

ピダーは首を振ると、軽い笑みを浮かべた。

考えごとをするのはあとで、ちびちびとやりながらにしよう。かれはそう決めた。

*

警報でかれは起こされた。一一四三年七月二十日の早朝だった。船内時間で三時ごろだったろうか。ピダーは二時間ほど眠ったところだった。

最初、かれはその音に気づきもしなかった。だが、すぐに規則正しい警笛の音が聞こえてきて、いきなり目が覚めた。かれは夢を見ていた……なんの夢だったろう？ ブロンドの女性がかれの腕をつかんではなそうとせず、かれは抵抗しようともしなかった。ピダーはその記憶を追いはらった。

もっと大事な、するべきことがあったから。大急ぎで、着古したコンビネーションと靴をかき集める。かれが通廊に出ると同時に、隣りと、ずっとはなれたキャビンのハッチも開いた。みな、それぞれの持ち場へと急ぐ。かれの持ち場は司令室だった。

なにかが起こったのだ。ピダーにはその見当もつかない。攻撃の可能性もあったし、あらたな謎が観測された可能性もあった。今回はおそらく至近距離だ……《モノセロス》の探知手段を用いれば、結果が得られるはず。

ピダーは息を切らせながら、中央の反重力シャフトにたどりついた。警報が鳴りはじめてから、まだ百秒もたっていない。それでも、探知部門の主任技師であるかれは、一刻も早く自分の持ち場につく必要があった。ところが、司令室への入口が乗員で混雑して先に進めず、貴重な数秒をロスしてしまった。

　ようやくかれは司令室に入った。

　ギンセン・カルトゥはすでに自席でスイッチを操作している。彼女は当直中だったが、ほかの者は到着が遅れていた。もっと非常訓練を実施すべきだったかもしれない。でも、もう手遅れだ。さいわい、船には高性能のシントロニクス結合体が搭載されており、非常時には乗員がいなくても、船を守ってくれる。

「いったい、なにが起きたんだ？」かれは声を押し殺してたずねた。

　かれの次席の女性はすでに席についており、状況を把握していた。

「攻撃です」彼女も、ほかの乗員の集中をじゃましないように、小声で応じた。「カルタン人のトリマランが九隻、リニア空間から数光分、はなれたところに出現しました。かれらは明らかにここ、瓦礫の墓場に向かっています」

「いつかは起きると思っていたが」

　この近辺にカルタン船やハウリ船の残骸が無数に漂っているのには、理由があるはず。それらはみな、《バジス》のパーツをふくむこの瓦礫の墓場を掠奪するために、かつてここにあらわれたのだ。この数世紀のあいだ、ハミラー・チューブが単独でそれを阻止してきた。だがいま、その任務はかれらにゆだねられている。

ようやく司令室の全乗員が席についた。ピダーはここのだれもが、基本的にはいなくてもすむことを知っていた。だが、シントロニクスにたよりすぎないほうがいい。人間の存在は安全を高めてくれる……それが心理的なものにすぎないとしても。

ギンセン・カルトゥは司令室の中央に、ひとり立った。

顎を大きく突きだし、手をうしろで組んでいる。

ピダーにははっきりとわかった。彼女はこれを待っていたのだ、と。この攻撃こそ、ギンセン・カルトゥがなにより必要とするものだった。

「アクティヴ探知インパルスはきている？」彼女はたずねた。

ピダーは自分が訊かれたと感じた。

「もちろん九隻は探知をしています。だが、かれらは船の残骸や《バジス》のパーツの反対側で、まだわれわれを確認できていないようです」

「ありがとう」彼女は満足げに答えた。「それなら奇襲攻撃をかければ、一発で撃退できる……」

「どうするつもりです、ギンセン？」ウーメ・ビラボングは自席から、不賛成の目で彼女を見た。

「ごく短い超光速航行をして、かれらの目の前に出現すると同時に、全力で撃つ。シントロニクスがすべてを精確に計算してくれるはず。敵に損害を出さないように。驚いて攻撃をかわし、二度とわれわれのじゃまをしなければ、それでいい」

ビラボングはふんと鼻を鳴らした。この小男は茶褐色の縮れ毛をかきむしりかけたが、結局はただ、お手あげという身ぶりをした。

「そうかんたんにはいきませんよ。どう計算しようと、損害は最初から避けられない。すくなくとも、あなたのやり方では」

「そんなことはない」

「なら、シントロニクスに訊いてみましょう」ウーメ・ビラボングは挑発するようにいった。

ピダーにはわかった。司令室の全乗員の面前であらたな力くらべを挑まれ、彼女がどれほど気分を害しているか……だが、対決はもはや避けられない。

「シントロニクス?」しぶしぶ彼女はたずねた。

シントロニクス結合体は中立的な声で答えた。

「わたしの予測は、確実な安全を保証するものではありません。五パーセントの確率で、敵方に軽い損害が生じるでしょう。早い決断を勧めます。カルタン人は急接近していますから」

船長は決断に迷っている。ピダーは鋭く見抜いたが、ウーメ・ビラボングもそのようだ。

「やめてください！」ウーメが訴えるように叫んだ。「代案はいくつもあります。われわれの存在を明らかにして威嚇《いかく》してもいいし、トランスフォーム砲で威嚇射撃をしてもいい……」

「もういい、ウーメ！　あなたのいうとおり、いろいろ方法はある」彼女は数秒間、ほとんど身動きせずにスクリーンを見つめたのち、よりはげしい口調で言葉をつづけた。

「問題はそれをした場合、どうなるか、ということだけ。かれらは散開し、われわれに攻撃してくるかもしれない。そうなれば、われわれに損害が生じてしまう。かれらの戦闘力はよくわかっていない。おそらく、あれはサショイ人よ。もしそうなら、かれらはいまの時点では、われわれに手を出せない。でも、かれらは帰還し、ある船の話をする。そして、すぐに船団がやってくる……だめだ、ウーメ。わたしがいったとおりにする。シントロニクス！　はじめて！」

　ピダーはみんなの顔を見た。ギンセンはますます敵を増やし、ウーメ・ビラボングはかれの見解への支持者を着々と得ていた……こんな状況でさえも。このことが、《モノセロス》船内の状況をこのうえなく物語っていた。

　探知スクリーンの映像が三、四秒間、ぼやけると、プロジェクション画像が消え、すぐにふたたびあらわれた。《モノセロス》が衝撃で揺れる。すると轟音《ごうおん》が鳴り響き、ピダーがまだ平静にもどらないうちに、すべてが完了した。

九隻のカルタン船が針路を変えた。損傷はないように見える。かれらには青天の霹靂《へきれき》だったようだ。ギンセン・カルトゥの狙いどおりになったのだ。

「損害は？」船長がシントロニクスにたずねた。

「ありません」淡々とした答えが返ってきた。

九隻の船はリニア空間に消えていった。

「敵にも損害はなかった？」

「ありません。本格的な攻撃の前に、かれらの自動システムが防御バリアを展開しました。せいぜい、船体外殻に溶けた跡がいくつかのこるくらいでしょう。《モノセロス》の武器はかれらのバリアに、七十パーセント程度の負荷しか、かけていませんから」

「つまり、かれらは驚いて、われわれの攻撃をかわしたということね」彼女は確認すると、明らかに満足そうな表情をした。「さあどう、ウーメ？」

かれは反抗的な目で彼女をにらんだ。

「わたしに謝罪をもとめてもむだですよ、ギンセン。今回はあなたが正しかった。おめでとう。もちろん、あなたの考え方は理解できますよ、ここにはわれわれしかいないんですから。それは認めます。それでも、わたしの考え方も理解してほしい。テラナーは問うより前に撃ったりしない」

*

ハッチをノックする音がする。ピダーはすでにほろ酔い状態だった。ふつうはブザーを使うが、ノックでもべつにかまわない。かれはそれを特段、気にすることはなかった。半分からになったワインのボトルを、急いで棚のなかにかくした。

「どうぞ！」

声に反応し、自動でハッチが開いた。

通廊に立っていたのはウレーデ・パルネレだった。

「こんな時間におじゃましてもいいかしら？」彼女はたずねる。「寝るところだった？」

「じつはそうなんだ」かれは彼女のがっかりした顔を見て、あわててつけくわえた。「でも、すぐにってわけじゃないから。数分ならどうぞ、ウレーデ。椅子の上のものは床において、すわってくれ。なんの用だ？」

「すこし相談したいことがあるの。相談できるのは、あなたしかいないから、ピダー」

かれは心のなかで苦笑した。彼女は一度、自分とけんかしているのに。ウレーデのような女性には、そんな経験はおそらく、船内の大半の乗員との関係ではなかったことだろう。いまのところ、彼女の口調を聞くかぎり、室内の酒臭さについて話したいようすはない。そこで、ピダーはいつものように飲み物を勧めるのをひかえた。どんな飲み物であっても、かれの飲酒に話がいくきっかけになりそうだから。

「ねえ、ピダー……」彼女はおずおずと切り出す。「カルタン船が攻めこんできたとき、わたしはたまたま、司令室にいたのよ。必要があれば、司令室から搭載艇を指揮しようと待機した。でも、わたしの出番はなかったから、あなたを観察していたの。あのいい争いで、あなたはなにもいわなかったわ。つまり、ギンセンとウーメのいい争いのことよ」

「それがおかしいか、ウレーデ？」かれは驚き、ベッドの上の自分の場所から彼女を見た。「われわれが〝怪談話〟を聞いたとき、きみも会議に参加していたじゃないか。ウーメとわたしは仲がよくないことに気づいたはず」

「それが、発言をひかえた唯一の理由？」彼女は疑わしそうにたずねた。「あれはウーメだけじゃない、あなたにも関係する問題だったのに」

「それが理由だよ」

「すくなくとも、あなたはギンセン・カルトゥに多少の影響をあたえられる、数少ない乗員のひとりなのよ」

「そのとおりだ、ウレーデ。だが、きみはあの決定をしてほしかったのか？　ウーメがいったことは正しいよ。われわれは、とにかくまず撃った。それを問う時間はもうなかっただろう?　その一方、わたしはギンセンの論拠にも納得していたんだ。われわれは敵に対して、徹底的に恐怖心を植えこむことが必要だった。そうしなければ、敵は翌日にも小船団を編成してもどってきただろう。なにが正しいのか判断するのはむずかしい」

　ウレーデは片手で自分のブロンドをすいた。髪が乱れ、それは彼女によく似合っていた。いつものような青ざめた内気な女性には見えなかった……そんな彼女の姿にピダーははじめて、色気のようなものを感じた。だが、それは一瞬のことだった。数秒後にはまた、彼女は自信のない、成長しすぎた少女のような姿にもどった。

　彼女は一時間、かれと語り合った。ピダーは父親のような態度をとりすぎないようにつとめた。別れる段になってはじめて、彼女はこれ見よがしに鼻をくんくんいわせると、室内をしばし見まわし、棚に半分からになったボトルを見つけた。

「そうくるとは思わなかったよ、ウレーデ。また、わたしはイスラム教徒だなどと説教するのはよしてくれ。きみはコーランのことも、正しい生活のことも、まったく知らないんだから。わたしに口うるさくするよりも、まず自分自身を見つめたほうがいいぞ。ひとつ、きみにたのみがあるんだが」

　彼女は聞きわけのない子供のように、かれを見つめた。

「たのみによるわ」と、彼女。

「かんたんなことだ。わたしが本気で怒る前に消えてくれ」

*

今回の会議はかなり小規模だ。《モノセロス》船内で指揮命令を執行する、もっとも重要な要員だけが出席している。その顔ぶれは、スペース＝ジェット級以上の大型搭載艇の艇長をはじめ、搭載艇の総指揮をになうウレーデ・パルネレ、探知部門の主任技師であるピダー・ダウード、そして船の指揮をとるギンセン・カルトゥ、ウーメ・ビラボング、エンロ・チャルタルはもちろん、科学者が三名、医師が一名という構成だった。

一一四三年八月なかばだった。瓦礫の墓守をはじめてから四カ月半がたっていた。孤独の四カ月半……それも、全長二百メートルというせまい球型船のなかで。

「ご参加ありがとう」ギンセン・カルトゥは会議を開始した。「何人かはもう、九隻のカルタン船を攻撃するさいに論争があったことを聞いているわね。みんなにはっきりいっておくけど、ウーメとわたしの論争は、おおむね解決ずみです。わたしたちの意見は相違することもある。でも、一刻を争うときは、わたしが決定する。ウーメもそれを受け入れています。だから、へんな噂を信じてひろめたりしないように」

彼女はいやにゆっくりと席につくと、きっちりととのえたグレイがかったブロンドをうなじになでつけた。ピダーは彼女の言葉の真意がわからなかった。この女性はほんとうに、こんな安直な言葉で、部下たちの懸念を払拭できると思っているんだろうか？

「今後の出来ごとにそなえて、行動スキームを策定しました」彼女はつづけた。「損傷した船がここに迷いこみ、われわれの助けをもとめるかもしれないから。まずありそうにないけど、可能性はある。そんな場合は、かならず船を調査すること。そのうえで、もちろん助けを提供する……われわれが追いはらうのは、明らかに掠奪を意図して、瓦礫の墓場にやってきた者だけ」

「そんなの、どうやって見分けるんです？」ピダーはあざけるようにたずねた。いい終わるやいなや、かれはしまったと思った。なんで、あんないい方をしてしまったのか。だが、もう遅かった。ウレーデ・パルネレの影響だ。この不穏当な発言の責任は彼女にある。そのありがたくもない褒美として、彼女がはげましの視線を送ってきた。なぜ自分に？　ほかの男性だったら、ウレーデは見もしなかっただろう。

「どうやって見分けるかって？」ギンセン・カルトゥはいらだちをかくせない。

「そうです」かれはしかたなく説明した。「カルタン人の小編隊がリニア空間からやってきたとします。かれらは偶然、通りがかり、空虚空間でなにが漂流しているのか、たしかめようとしているだけかもしれない。そうではないと、どうしたらわかるんです？」

「もちろん、そういう状況も考えられるわね」船長はしぶしぶ認めた。「その場合は、掠奪の意図があるものとして対応する。無用なリスクを冒すわけにはいかないから。とにかく、肝心なのは《バジス》。われわれにはこの船を守る責任がある。いつの日か組み立てられ、人類のために活躍できるようにするために。大事なのはただひとつ、われわれの善意が犠牲を生まないようにすることよ」

ピダーは急いで考えた。自分の流儀に反することをしてしまった以上、それを最後まで貫かなければ。

「それでは不充分です」かれはいった。「シントロニクスの助けを借りれば、判断基準の一覧を作成できるんじゃないですか。そうすれば、あらゆる可能性に適切に対応できる……しかも数秒内で。司令室に充分な乗員が集まるまで、すこし時間がかかっていますよね」

「あなたに同意するわ、ピダー。数名にそれをやってもらいましょう。この件はあなたにお願いしてもいい？　その成果はわたしに提出して。追って幹部と協議するから。

では、もうひとつの問題にうつります。ピダーがさっきいってくれたけど、司令室の人員について。カルタン人の攻撃のような深刻な事態が発生した場合には、すくなくとも二十名の乗員が必要になる。シントロニクスの支援がなくても概要を把握できるようにするためよ。でも、そんなことがなければ、三名で充分。そこで、司令室に原則として配置する人員を三名にするか、二十名以上にするか、決めたいと思う。現在の人員体制は中途半端《はんぱ》で、みな意味のない仕事で時間をつぶしているようだから。それで不満が高まっている。だからこれから、この場で採決をします」

ピダーはこの女性は正しいと思った。司令室では乗員の多くが、いやいやながら仕事をしている。ここでなにかが起きることは、《モノセロス》内のほかの場所よりも、さらにすくない。常時、二十名もの乗員に司令室ですごすことを強いる必要はなかった。逆に三名だけでも、かならずしもリスクが高まるわけではない。緊急時にはいずれにせよ、船載シントロニクスがすべてを代替できるから。

つづいて採決があり、ピダーは人員を最低限にする案を支持した。反対は二名のみ、棄権が一名。首席技師で第三操縦士のエンロ・チャルタルは反対、ウーメ・ビラボングは棄権した。ギンセン・カルトゥはピダーと同様、みずからの提案に賛成した。

妙なことだ、とピダーは思った。ギンセン・カルトゥのような女性がこんな決定をするとは……彼女は規律を厳格に守ることで知られていたから。

だが、ピダーはこの問題をそれ以上、考えようとしなかった。せまい会議室から出ることができて、ほっとした。ただ、ひとつ気になることがあった。ウーメ・ビラボングがまったく発言しなかったのだ。かれの性格からして、批判もなく同意するなど考えられない。船長はかれをどうやって黙らせたのだろう？

*

十月十五日。ピダー・ダウードは司令室でエンロ・チャルタルと交代した。二メートルを超える長身のこの首席技師は、かすかに悲しげなほほえみを浮かべた。

「なにも起きなかったよ、ピダー」と、エンロ。「いつもどおりだ。一度だけ、はるか遠くで船が一隻、瓦礫の墓場へ向けて針路をとったように見えたが、勘ちがいだとわかったよ」

「遠くでなにがあったんだ？　遠くとは、どの程度の距離だ？」ピダーは関心をよせた。

「ハンガイ銀河方向に七千光年以上の距離だ。そこにいた船は一隻だけで、自分が思うに位置確認のため、空虚空間に向かって短い距離を飛行したようだった。つまり、まったくの偶然だよ。われわれにはなんの影響もない」

「そうか。じゃあ、交代しよう」

「またな」

エンロは不機嫌そうな顔だった。いつもより、さらに機嫌が悪そうだ。ピダーは内心ほほえんだが、それにはわけがあった。この大男はどんなささいなことにも激昂する、どうしようもなく気難しい男として知られていた。つまり今回、かれを激昂させることとは、なにも起きなかったことになる。すくなくともこの点では、あらたな四時間のシフトは効果があることがわかった。四時間のほうが、八時間よりも退屈に耐えやすい。

ピダーはかんたんに一巡し、主要な計器をチェックした。たしかにすべて正常だ。そのさい、同じく司令室で勤務するふたりの乗員にあいさつをした。かれらはすこしあとで交代するようだ。どちらも、かれのよく知らない乗員だった。

かれは自分の袋を司令コンソールの横に置いた。しばらくすわりつづけるのに楽な姿勢を探すと、全周スクリーンを見つめた。シントロニクスが自動的に、周辺の空虚空間の画像をうつしだす。ときおり、光学的に拡大された《バジス》のパーツが通り過ぎた。

未知の船が万一、出現した場合の、例の行動スキームは完成していた。《モノセロス》は数秒間、探知すれば、掠奪者と助けが必要な者、偶然の〝客〟を区別することができる。行動スキームは細かい段階にわけられているが、決定権はつねにギンセン・カルトゥにあった。

「あらたな案はもう出たのか？」かれは数メートルはなれた席で、船内の出来ごとの監視に余念がない男性にたずねた。「つまり、プールのデザイン委員会から」

「ああ、出たよ！　きみもぜひ見てみろ！　ちょうど一時間前、新しいデザインが入ってきたばかりで、前回よりもっとおもしろいから」

「シントロニクス」ピダーはいった。「その画像を、わたしのコンソールの前の大型ホログラムモニターにうつしてくれ」

瞬時に海があらわれた。海はくすんだ赤系と緑系の色合いだった。赤いところには植物が生えているように見える。緑は液体らしく、おそらく新しい水泳レーンだ。厚い雲のあいだから太陽光がわずかにさしこみ、その色ははっきりしない。

「なんだこりゃ?」かれはなかばあきれ気味にうなった。

「下に書いてあるよ」乗員の男はいった。「これがなんと、新しい案のひとつなんだ。この緑の液体をだれが浴びたいかね? 肝だめしにはいいだろうが、リラックスにはならない」

ピダーは縮小された画像の下部に書かれた文字を、苦労して解読した。〝シンシカ5の三角州〟、さらに〝夜明けごろ。テラまでの距離、三千四百光年〟

ピダーはぞっとして画像を消すよう命じた。それでも、かれはこの創作活動を評価した。すくなくとも一部の乗員の関心を、真の問題からそらすことができるから。三角州の案を通過させ、ほかの立案グループに打ち勝とうとすることで、かれらは自分の故郷のことばかり考えずにすむ。

これは問題を克服する比較的、健全な方法のひとつだ。失われた七百年近くの時間……そしていま、この監視場所はハンガイ銀河から一万光年もはなれている。銀河系船団のほかの船の運命は、まったくわからない。

あと三時間四十分でウレーデ・パルネレと交代だ。このところ、ピダーはずっと彼女のことを考えている。彼女の姿を思い浮かべると、いつも内気、色気がないという言葉がまっさきに浮かんでしまう。そのわけは、停滞フィールドを経験する前にさかのぼる。だが、ウレーデ・パルネレにとっても、世界はいま、やや違って見えているようだ。彼女はだれかを失ったのかもしれない。それは親族なのか、地球の恋人なのか。いずれにせよ、彼女の心は反応した。自分の殻を破り、ほんのちいさな一歩を踏みだしていた。そして、彼女のこの〝前進〟の目的はかれ、探知部門の主任技師、ピダー・ダウードだったのだ。

なぜ彼女はかれに狙いを定めたのだろうか？　かれにはよくわからなかったが、推測はついた。かれの父親のようなふるまいのせいではないか、と。かれは乗員の信頼を集めていたので、ウレーデ・パルネレはほかの者に対するよりも早く、かれに好意をいだくことになったのだろう。ピダーの行動への彼女の批判は、好意の裏返しにすぎなかった。以前だったら彼女はけっして、かれの飲酒癖を非難しようとはしなかっただろう。

そう、つまりこういうことだ。ウレーデ・パルネレはかれに恋をしている。

そして正直にいえば、ピダーの心も反応した。そうでなければ、かれはずっとウレーデのことを考えるはずはなく、違う髪形のこの女性を想像したりしなかったはず。

だが、かれは自分の気持ちに迷いがあった。彼女の好意に応えていいのか、それとも拒絶すべきなのか？　かれ自身の気持ちはどこにあるのか？　たんに瓦礫の墓場での極端な心理状態がなせるわざではないか？《シマロン》やそのほかの船の帰還とともに、なにもかも、もとにもどってしまうのではないか？そのうち仲間の船がもどってきたら……だが、もどってこなければ、《モノセロス》はいつまでも瓦礫の墓場で待ちつづけることになる。

そうなったら、とピダーは考えた。もう、すべてがどうでもよくなるだろう。

かれは袋を開け、ボトルをとりだした。

＊

かれのシフトが終わる五分前のことだった。かれは、なにかにぎょっとした。船は瓦礫エリアに深く進入していた。現在、船の残骸と《バジス》のパーツの群れは、平たく押しつぶしたレンズのようなかたちをしている。その直径は五百キロメートルほど、中央部の厚さは十五キロメートルもない。その中心点、いわゆるポイント・ゼロでそのうち、すべての瓦礫がたがいに衝突するはずだが、《モノセロス》はそこから二十キロメートルしかはなれていなかった。

なにが起きたんだ？司令室のほかの二名の乗員は、まったく反応していない。

また聞こえた！

どこからか、ノックのような音がする……

三回めにやっとピダーは気づいた。この音はハイパーカムの受信機から聞こえてくる。いまはどの搭載艇も、外をパトロールしていない。ほんとうだったのか……かれは瓦礫エリアでの不可解な出来ごとにいだいていた疑いを、きれいさっぱり投げ捨てた。ピダーは不意に、説明のつかない軌道変更を思い出した。さらに、すべてのほかの現象も。その一部をギンセン・カルトゥは乗員にかくしてさえいた。噂はどこまで、ほんとうなのだろうか？　それをいまなら、自分で確認できるかもしれない。

ハイパーカムの受信機から聞こえてくる物音が、徐々にスタッカートになった。ようやく、ほかのふたりも音に気づいた……ほぼ同時にびくっとして振り返ると、いぶかしげにかれを見た。

「おちつけ」ピダーはいった。「なにが起きているのかまだわからない。警報は待て。まずわれわれだけで対処しよう。もしかすると、たいしたことではないかもしれない」

ピダーはシントロニクスに分析を依頼した……だが、船載シントロニクスは、まだ分析不能と伝えてくるだけだ。電波の種類だけは確認できた。かなり低エネルギーの短波インパルスだった。発信者は瓦礫の墓場のどこかにいるはず。

シントロニクスは自動で画面を、全周スクリーンの全画面表示に切り替えた。その理由にピダーは長く頭を悩ますことはなかった。画面の左側にゆらゆらと動く残骸の一部がうつったのだ。ハウリ人の三胴船の船尾だろう、とかれは思った。エネルギー攻撃でだいぶ破損していたが、まだかたちをたもっていた。

いや、ちがう！　ほんの数秒後、かれの推測は誤りだったことがわかった。目に見えない影響が、その船尾を内側から破裂させたのだ。破片が四方に飛び散り、ほんのちいさな残骸がひとつ、画面の右にうつるばかりとなった。

　そのあいだに、ノックのような音はますます大きくなっていた。

「数えろ」かれはシントロニクスに命じた。「音の数を知りたい。パターンがあるかもしれないし、コードの可能性もある」

　同じ音を八十三回、くりかえしたあとに突然、音がおさまった。数秒が経過。シントロニクスはなにも報告してこない。信号は記録されているが、その意味をつかむことができないのだ。次の瞬間、変化があった。

　ぱちぱちという音が波乱を予感させる。

「いまいましいテラナーめ……」

　この言葉が、ハイパーカムの受信機からはっきりと聞きとれた。インターコスモだ。あえぐような声で、まるで声の主は危険に瀕しており、それを《モノセロス》のせいにするかのようだった。聞きなれないアクセントだが、その発音にピダーはどこか、なじみがあるような気がした。

「位置を測定しました」と、シントロニクス。「信号は、ポイント・ゼロを周回する《バジス》のパーツ群からきていましたが、いまは完全に途絶えています」

ピダーは熱に浮かされたように考えつづけた。もしかすると、これは千載一遇《せんざいいちぐう》のチャンスかもしれない。〝いまいましいテラナーめ〟……これではっきりした。《モノセロス》は瓦礫の墓場にひとりぼっちではなかったのだ。何者かがそれほど長く、われわれの探知から身をかくしていられたとしたら、高度に発達した技術を有するにちがいない。かれらは、われわれの船をとっくに攻撃できたはずだ。それをしなかったという事実は、かれらが平和的であることの裏づけになる。それとも？　やはりリスクは覚悟しなければ。

「発信者に向けて針路をとる」かれはシントロニクスに命じた。「念のために、防御バリアを最短時間で展開できるようにしてくれ」

数メートルはなれた席で《モノセロス》船内の測定値をチェックしていた乗員が、わざとらしい咳をして、かれに忠告した。

「船長を起こしたほうがいいんじゃないか、ピダー？」かれはいった。「彼女が決定できるようにしたほうが……」

「まだ数分、時間はある」かれは答え、それ以上の説明はしなかった。みずから謎を解きたい、あるいはせめて謎解きに寄与したい……かれはなぜか、内なる衝動がおさえられなかった。

「なんの時間があるって？」

ピダーが振り向くと、ウレーデ・パルネレが司令室に入ってくるのが見えた。もう二分もしたら、彼女はかれと交代するはずだった。だが、かれにいま、そのことを考えるひまはなかった。

かれの目がまた、全周スクリーンにくぎづけになった。

真っ暗な宇宙空間から、宇宙船のパーツ群のなかに奇妙なかたちがあらわれたのだ。原因は不明。鮮やかな赤い色からひとつの塊りが生まれ、枝わかれし、輪郭を帯びていく。しまいにそれは巨大な人間の頭蓋骨に似たかたちとなって、《モノセロス》のはるか前方に浮かびあがった。ありえない、ありえるわけがない。そう、かれは思った。それはネコのような顔つきで、口は醜く、たくましい。

すると突然、上下の顎のあいだに細い隙間が開いた。その隙間から、細く青白い舌が何本も大量に飛びだした。舌は驚いたミミズのように、ぴくぴくと痙攣《けいれん》しながら、あらゆる方向にうごめいている。

「なぜ警報が鳴らないの！」ウレーデ・パルネレがパニックにおちいり、叫んだ。「ピダー！　あなたに義務があったはず……」

「しずかにしろ！」かれも思わず感情のまま、叫びかえした。だが、懸命に自制心を働かせ、いつも他人からうらやまれる、本来のおちつきをとりもどした。「シントロニクス！　これはプロジェクションか？」

「もちろんです」

「このプロジェクションは、信号と同じところから発しているか？」

「そうです。長さが四百二十メートル近くある、《バジス》のパーツのようです」

シントロニクスは、鮮やかな赤色の頭蓋骨の後方に、ふぞろいなかたちをした金属の塊りをひとつ、うつしだした。ピダーには、その塊りにとくに変わった点はないように見えた。

その瞬間、頭蓋骨が変化した。文字どおり爆発したように、どんどんふくらんでいく。そして、いまにも《モノセロス》に襲いかかろうとしているかに見えた。

ウレーデ・パルネレが警報を鳴らした。

ピダーには、彼女の勝手な対応をとり消すひまはない。インパルス砲の制御システムを探すと、見つかった。シントロニクスがかれの目標を自動的に探知し、発射。頭蓋骨は消滅した。まるで存在しなかったかのように。

ピダーは困惑して、ウレーデと司令室にいたほかの二名の乗員の顔を見た。規則正しい警笛の音が聞こえるが、かれの興奮はもうほとんど高まらない。

「これからどうするか」と、ピダー。「もっと近づく必要があると思うが……」

　ウレーデの不信感に満ちた目つきを、かれは最初、自分の意見が拒否されたと解した。だが、その視線をたどって気づいた。彼女は酒のボトルを見つけたのだ。かれはもちろん酔っていないし、判断力も鈍っていない。だが、彼女はそうは思わないようだった。それにしてもはげしい彼女の剣幕に、かれは驚いた。

「この酔っぱらい！」ウレーデは叫んだ。「もっと早くあなたが警報を出すべきだったのに。前代未聞よ！　なんだってギンセンは、あなたなんかに指揮を譲ったのよ！　たとえ四時間だけだって！」

　かれには返す言葉が思いつかない。最初の乗員たちが息をきらせて司令室に到着し、持ち場につく。ピダーはスタートできる態勢にある搭載艇のリストをもとめた……かれの目的には、十三号がもっとも適していそうだった。

　かれは指揮をとりつづけた……ロン・ハルトウィックに連絡する。

「百秒後にスタートする準備をしてくれ」ピダーは依頼した。「すぐに乗りこむので」

　かれは祈るばかりだった。ギンセン・カルトゥに、かれの計画をつぶす時間がないことを。

4 船長

一一四三年四月から現在まで

彼女は一週間前から、ハンガイ銀河の辺縁部にある瓦礫の墓場を巡航していた。もっとも近い星団は一万光年ほどはなれている。一週間など、たいしたことはない。船長である彼女はひそかに、この宙域での滞在は非常に長くなると覚悟していたから。ただ、そんなことを乗員にあえていう必要はない。

副長のウーメ・ビラボングは、ほんとうに頭痛の種だった。最初のかれとの論争で、すでにふたりの関係は大きく悪化していた。だが、そうなることは最初から予想できた。彼女はなにか策を講じたくなるたびに、自分にそういい聞かせた。《モノセロス》はハンガイ銀河から一万光年はなれた退屈な宙域で、瓦礫の墓守をしている。彼女はイアン・ロングウィンにいったのだった。しまいに乗員は彼女を憎むようになる、と……だが、こんなに早く、そうならなくてもよかったのに。

副長のなにが彼女を、それほど不快にさせるのか？知性の面では、かれは彼女より劣っているとはいえ、ほかの乗員よりはましだった。もしかすると、性格が正反対だったせいかもしれない。彼女は鍛えぬいたからだを持ち、つねに自制をたもつことができる女性で、船長の任務に全力投球。ただ、人間味という面で認められるには、まだまだ努力が必要だったが、彼女はそこまでする気はなさそうだった。一方、副長は小柄でかなりの太鼓腹。人生のよい面をこよなく愛する人物だった。ウーメ・ビラボングは船上のコメディアン。かれのユーモアと彼女の生まじめさは、まるで水と油だった。

とはいっても……それが原因のすべてではないはず。

ふたりの対立は、実務面での相違からも生まれていた。彼女は自分の目標をいったん見定めると、妥協することなく実現にとり組む。〝妥協しない〟……それが彼女のやり方だった。一方のウーメ・ビラボングは、逡巡《しゅんじゅん》しがち。決断をくだす前に、あわや手遅れというところまで、問いをくりかえす。

「ギンセン！」

その声は、《モノセロス》の首席技師、エンロ・チャルタルだった。かれの父はテラナー、母はアルコン人。身長は二メートルを超え、ギンセンよりも三十センチメートルほど高い。薄い白髪が肩まで伸びている。

「ああ、エンロね。どうかした？」

「このモニターを見てくれませんか？」

彼女は立ちあがり、エンロの横にある制御パネルの前にすわった。

「このデータはたったいま、十三号のシントロニクスが送ってきました。すこし前に瓦礫エリアで記録されたフィルムです。驚くから、覚悟してください」

「なぜロン・ハルトウィックが自分で報告してこないの？」

「わたしに訊かれても」エンロは不機嫌そうな笑みを浮かべ、つけくわえた。「推測でよろしければ。ウーメがサニー・リンを十三号に搭乗させたんです。だから、ロンはいま忙しいんでしょう。意味わかります？」

「根拠のない推測はやめて、エンロ！」彼女はたしなめた。「じゃあ、記録を見ましょう」

三つの船の残骸と《バジス》のパーツひとつが、鋭角で接近していく。残骸のほうは、カルタン人のトリマランの船首部分のようだった。パーツは、いたるところに装置類がフランジ固定されているところを見ると、格納庫の壁面かもしれない。

「ここからです、ギンセン！」

《バジス》のパーツと船の残骸のひとつが、軌道を変えたのだ。ほかのふたつの金属塊は衝突し、破裂した。原因はなんだ？　記録からは情報を得られそうにない。すくなくとも、スペース＝ジェットが記録できるような、解明につながる情報はなにもなかった。ギンセンは三つの可能性を考えた。第一に、プシオン・エネルギーがかかわっている可能性。それを計測する技術手段は、《モノセロス》にもその搭載艇にもない。第二に、スペース＝ジェットに技術的な故障があった可能性。ただ、故障があればシントロニクスか、遅くとも保守要員が検知しているはずだ。第三に、機械的力による操作。これは判断がむずかしかった。化学爆発か、たんなる発射薬か……

「どうします、ギンセン？」

「〝します〟っていった？」彼女は驚いて訊き返す。

「ええ。なにもしないつもりですか？」

「《モノセロス》にできることはないわ。もちろん、注意はおこたらない。それ以上、なにができる？　あなたになにか思いつくとは考えにくいけど」

　エンロ・チャルタルは不満そうに彼女を見た。「残念ながらあなたのいうとおりだ、ギンセン。だが、すくなくともロン・ハルトウィックには警告しないと。かれの行動は不適切です」

　基本的には彼女もかれと同意見だった。だが結局、ギンセンはエンロの提案に反対することを決めた。すでに船内では、かなり緊張感が高まっている。懲戒処分によって、状況をさらに悪化させたくない。

「いいのよ」結局、彼女は答えた。「ロンを楽しませてあげましょう。かれはシントロニクスが報告すると信じているようだし」

エンロ・チャルタルは不意に立ちあがり、司令室を出た。それはかれなりの、怒りを表明するやり方だった。ギンセンは不機嫌そうに首を振った。彼女はみんなを不満にさせてばかりだった。

*

一連の会議の初回は、五週間後に開かれた。船内のカレンダーによれば一一四三年五月中旬なので、出動開始から一カ月半後のことだった。すでにこの時点で、非常に長い滞在となることが予想されていた。会議室にはすべての主要な乗員が集まっている。ウーメ・ビラボング、エンロ・チャルタル、ウレーデ・パルネレ、ピダー・ダウード、各搭載艇の艇長、そして数名の科学者という顔ぶれだ。

会議がはじまる直前、ギンセンのもとに赤毛の物理学者、サニー・リンがやってきた。話がしたいという。

「なんのご用件、サニー?」

「わたしと物理学部の数人で、ある活動を考えだしたんです。船内のプールですが、現状に多くの乗員が満足していません。そこで提案ですが、将来的にプールをどう変えるか、複数のグループで自由時間に案を出すんです。そして最後にみんなで投票する。ちょっとしたコンペをしたらどうかと……」

ギンセンはすぐに、彼女のアイデアはすばらしいと判断した。

みんながこの活動に没頭すれば、格好のうさばらしになる。

「いいこと、サニー！　あなたには、すぐに発表する機会をあげるわ。今回の会議で、多数決で決めればいい。乗員たちはこれでようやく、自発的に動くようになる。とてもいいことよ」

物理学者の表情は、賞讃を受けたようには見えなかった。ギンセンは考えこんだ。またなにか失敗したのか、と。人とのつきあいは、知性だけではたりない。人の気持ちを理解する力が必要だが、まさにその点で、彼女の性格がじゃまをした。

考えこみながら、彼女は自席についた。開会し、全員の出席を確認する。ウーメ・ビラボングだけは会議の冒頭から、不愉快な言動をひかえようとしなかった。かれは乗員全員を会議に出席させ、決定プロセスに参加させるべきだと考えており、それを暗に主張したのだ。

だが、ギンセンはかれの意見をはねつけた。そのような手順は時間がかかる。それに、ハンガイ銀河から一万光年はなれたこの瓦礫の墓場のまんなかで、孤独な墓守をつづけるこの船では、決定に多数が賛成しているかどうかは重要ではない。正しい決定を迅速にくだす。それが不可欠だ。

そのためには、乗員全員の参加は必要ではない。彼女、ギンセン・カルトゥは船長だ。二十名の乗員でも、秩序ある議論を確保するには多すぎる。

次にウレーデ・パルネレが、搭載艇で目撃された異様な出来ごとについて報告した。かれらは瓦礫の墓場を徹底的に計測し、不可解な軌道変更をくりかえし確認した。それはカルタン船とハウリ船の残骸でも、《バジス》のパーツでも起きた。《モノセロス》の乗員のあいだには、すでに〝怪現象〟に関する噂がひろがっていた。その噂にウーメ・ビラボングがからんでいるのではないかと、彼女は疑っている。

つづいて不毛な議論があったが、それをギンセン・カルトゥが決然とやめさせた。提案はなにもなかった。会議参加者は彼女から決定権をとりあげようともしない。彼女はみずからの優越性をこれまでになく、はっきりと感じていた。

だが同時に彼女には、その感覚が誤りであるとも感じられた。乗員がそのような態度をとったのは、かれらの思考力の問題ではなく、心理状態の影響なのではないか。船長は自分でとっくに決定ずみだから、なにかいってもしょうがない。そう、かれらは感じていたのかもしれない。

乗員はこれまでと同じ活動をつづけることになる。注意深さは、以前より必要になるかもしれないが、基本的にはなにも変わらない。さらにギンセンは、基本的にはほとんど中身のない言葉をいくつかくわえたのち、サニー・リンに発言権を譲った。

すると……ようやく熱狂がわき起こった。これこそ、乗員がとり組みたかったテーマだったのだ。瓦礫の墓場の怪現象は、話題をさらわれるかたちとなった。ギンセンはそれでよかった。

＊

二週間後、エンロ・チャルタルが彼女にある計画を持ってきた。

「見てください、ギンセン」かれは説明をはじめた。「これは瓦礫エリアの概要図です。現在の規模は全長が五百十キロメートルほどで、厚さが十六キロメートル。おおよその数値です。正確なエリアの地図を作成しようとして、完全に失敗しました。それは瓦礫が軌道を変更するせいで、わたしの見解では、そのうち把握できるのはほんの一部。のこりは不明です」

「なにがいいたい？」かれの興奮ぶりに、彼女は思わずうしろにさがった。

「かんたんなことなんです！」エンロはいつもと違い、喜色満面だった。「作戦上、重要な地点で、《バジス》のパーツを方位発信機でマークする。さらにモバイル探知機も投入する。そうすれば、もし実際になにか起きたとき、早期に攻撃を開始できます。ためしに算出してみました。たとえば三百の発信機と探知機の組み合わせで、瓦礫の墓場の七十パーセントを監視できる。さあ、どう思います？」

「いますぐはコメントできないわ。よく考えさせて」

「なぜです？」エンロ・チャルタルはがっかりしてたずねた。「これ以上、なにをもとめるというんです？　すばらしいアイデアなのに」

「いいアイデアよ」ギンセンは同意した。「でも、欠点もある。第一に、最初に軌道変更が記録されたとき、ロン・ハルトウィックが十三号ですぐ近くにいたけど、なんの兆《きざ》しも得られなかった。固定式の探知・発信ステーションでは、それ以上の成果は得られないわ。第二に、搭載艇がまず、三百の機器を分散して配置する必要がある。そんなエネルギーの浪費をする余裕が、われわれにあるかしら」

「ばかなことをいわないでください、ギンセン。《モノセロス》には高性能のハイパートロップ吸引装置があるのに」

「そのとおりよ。でも、吸引するたびに、ハンガイ銀河でわれわれを探知できてしまう。そうしたら、ハウリ人やカルタン人が予想以上に早く出現するかもしれない。そうなったら避けようがないわ。《モノセロス》はここにとどまるべきよ……でも、もう一度、よく考えてみるわ、エンロ。ただし、期待しないで。あなたの計画は拒否すると思う。われわれの特異な状況が、充分に考慮されていないから」

　エンロの顔が怒りで真っ赤になった。ギンセンは、かれが自制心を失ってどなりだすかと思った。だが、この背の高い男はただ、踵を返して出ていった。

じつはこのとき、彼女はかれに、ほんとうの理由を明かしていなかった。

あの軌道変更こそが拒否の理由だったのだ。この外にはなにかがいる。彼女はそう、確信していた。そのなにかは、ギンセンたちを監視している。そして介入せざるをえない機会を待っているのだ。この未知者は瓦礫エリアに関心を持っている。ギンセンは、むやみに利害の対立を生まないよう、注意しようと考えていた。

その点でエンロの計画には危険があった。この未知者が三百の方位発信機にどう反応するか、だれにもわからないから。かれらが《バジス》を破壊する意図をもらさないかぎり、どちらの側も現状維持でがまんができる……すくなくともギンセンはそう願った。《シマロン》とそのほかの船が帰還すれば、たしかなことがわかる。それまで、わが乗員たちの気をそらしておかなければ。

＊

探知スクリーンにうつったなにかを見て、彼女はぎくりとした。一一四三年七月二十日。瓦礫の墓場でなにごともなく四カ月近くが過ぎようとしていた。脅威といえば、《モノセロス》では船の外ではなく、船内で生じていた……これまでは。ギンセンはちょうど司令室で当直中だった。彼女は振り返り、自分の司令モニターで、目の錯覚でないことを確認した。

「シントロニクス」彼女は急いで命じた。「分析！」

「中距離先に九つの物体が、リニア空間からあらわれました。カルタン人のトリマランです。船の構造は、この一帯に分散する船の残骸と一致します」

「ということは、掠奪者ね……」彼女はつぶやいた。「ついに、われわれの実力がためされるときがきた。《モノセロス》に警報を。総員、戦闘配置につけと」

シントロニクスが対応する信号を発する。同時に規則正しい警笛の音が、すべての部屋に鳴り響いた。乗員の三分の一は起床、のこりはすみやかに各自の配置につくことになる。シントロニクスだけでもすべての操作を完了できるが、ギンセンはさらに確実を期すため、乗員を配置することを好んだ。

二分後には司令室の全乗員が配置についた。

「アクティヴ探知インパルスはきている？」彼女は探知部門の主任技師、ピダー・ダウードにたずねた。

「もちろん九隻は探知をしています。だが、かれらは船の残骸や《バジス》のパーツの反対側で、まだわれわれを確認できていないようです」

「ありがとう！　それなら奇襲攻撃をかければ、一発で撃退できる」

当然、ウーメ・ビラボングは反対した。じつはこのとき、彼女はかれの懸念をよく理解していたのだ。ギンセン自身、迷いを感じないではなかった。奇襲攻撃にリスクがあることは明らかだったから。それでも彼女はみずからの意図のため、それを否定せざるをえなかったのだ。

「もういい、ウーメ！」彼女は口論を打ち切った。かれの主張は明らかに正しかったが、代案が悪かった。彼女は掠奪者とはけっして交渉しないし、そのうち強力な船団がやってきて、《モノセロス》に撤退を強いるのを待つつもりも毛頭なかった。そんなことになったら《バジス》に望みはない。かつて人類史上もっとも重要だったこの宇宙船は、掠奪しつくされたあげく、ポイント・ゼロに身を沈めるはめになる……いや、そんな結末を迎えるために、われわれはここにいるわけではない。

「わたしがいったとおりにする。シントロニクス！　はじめて！」

　これでまた敵を増やしたことを、ギンセンは自覚していた。逆に、ウーメの考え方への支持者は増すばかり。彼女には手の打ちようもなかった。

　探知スクリーンの映像が消えた。《モノセロス》は短い超光速航行をして、通常空間にいるカルタン船九隻の目の前にあらわれた。サーモ銃とトランスフォーム砲を、プログラミングどおりに発射。損害はなかった……掠奪者にも《モノセロス》側にも。

　彼女はまちがっていなかったのだ。

この成果はつかのまの平穏をもたらすだろうと、彼女は考えた。すくなくとも、日常にもどった今後の数週間、この勝利をうまく利用できれば。そんな彼女のもくろみを、ウーメがだいなしにしたのだ。

かれは彼女を反抗的な目でにらんだ。その視線には多少の憎しみさえ、ふくまれていたかもしれない。もしウーメが、四カ月前からくりかえし表明してきたことを、ほんとうに考えているとしたら、もしかれが、彼女の決定をほんとうに、かれの言葉どおりに非難しているとしたら、かれが憎しみの感情をいだいてもおかしくはない。

そしてかれはいった。〝テラナーは問うより前に撃ったりしない〟と。これがとどめの一撃になった。

船長は啞然として立ちつくした。

かれのもったいぶった言葉の効果が、いやというほどわかったから。

＊

「ウーメはいる？　かれをこの端末に呼んでくれない？」

若い男の顔が消え、数秒後にウーメ・ビラボングが端末の前の椅子にすわった。

「司令室はなにも問題ありません」かれはつとめて明るい声でいった。「だが、あなたのことはよく存じあげていますよ、ギンセン。あなたは理由もなく呼んだりしない」かれはいぶかしげな表情だが、不安は微塵も感じさせない。

「そのとおりよ、ウーメ。司令室をしばらくはなれてもらいたいんだけど。わたしのキャビンで話をしましょう」

「話？」

「いま決めたところよ」

ウーメ・ビラボングは通信端末をオフにした。

ギンセンは陰鬱な目で、キャビンの殺風景《さっぷうけい》な壁を見つめていた。ハッチの横に、四人の子供と夫のホログラム写真がかかっているだけだ。もうだれとも再会することはできない。ＮＧＺ四四八年に帰る方法が見つからないかぎり。それが見つかると信じる者はいない。今回はタイムマシンに乗ってきたわけではないから……なんと自然現象に襲われて、一瞬のうちに七世紀の時をすごしてしまったのだ。

彼女は立ちあがり、予備の椅子を正しい位置にもどした。汚れやごみがどこにもないことを確認する。副長との対話は目前。ギンセンはすこしの隙も見せたくなかった。サービスに連絡し、ミネラルウォーターの瓶を一本と、グラスをふたつたのんだ。それがとどくと、テーブルの、ちょうどふたりの椅子のあいだの位置に置いた。

ハッチのブザーが鳴った。

「どうぞ！」

ハッチが自動でスライドする。ウーメ・ビラボングが入ってきた。

「なんでしょう、ギンセン」かれは険しい表情でいった。「あなたの口調が深刻そうだったので、飛んできました。指揮はピダー・ダウードがとっています」

「おすわりください」彼女はよそよそしくいい、冷ややかな目でかれを見た。「ここ数カ月のあなたの態度について話をしたい。初日からはじまったわね。わたしは乗員に、われわれの任務が今後、どうなるかをおだやかに伝えようとしたのに、あなたはわざとじゃまをして、みんなを憤慨させた……」

「それはあなたのせいです！」ウーメ・ビラボングははげしく弁明する。かれの黒い肌がさらにやや暗さを増した。「あなたはみんなに選択の自由をあたえるべきだった。おかげでだれも、べつの船に逃れることができなくなってしまったんだ」

「その話はもうやめましょう」ギンセンは、かれの主張は百も承知だった。「そうするしかなかったのよ。《モノセロス》の出動能力があやうくなるところだったから」

「それだけじゃない」かれは鼻息荒くさえぎった。「この船でわれわれにまだのこされていた、最後の決定の自由も失われてしまったんだ」

「あなたのもったいぶった物言いは、わたしの神経を逆なでするだけよ、ウーメ。そんなことで、わたしの心は動かされない。わたしがいいたいことは、まだまだある。あなたはいつだって、わたしの決定を公然と疑問視する。最悪だったのが、カルタン人への攻撃の件よ」

「わたしの懸念は、まったくもって正しかったはず」

「それが正しかったかどうかはさておき、あなたはいった。テラナーは問うより前に撃ったりしない、と。美しいメッセージね。だれでも同意したくなるわ。ただ、あの場面では、あなたの言葉の意味はただひとつ。わたしはすぐに撃ちたがり、指揮能力がない。そう、いいたかっただけ。あれでついにがまんの限界を超えたわ」

ウーメはまた異議をはさもうとしたが、彼女は動じることなく話しつづけた。

「だから、次のルールを守って、ウーメ……批判するなら、わたしとふたりきりのときに、いってちょうだい。みんなの前では黙っていること！　わかった？　それができないなら、あなたを副長のポストからはずします」

ウーメ・ビラボングは意味がわからないというようすで、何度かあえいだ。とうとう立ちあがり、ハッチを開けると通廊に飛びだした。怒りを存分にぶちまけるために。

自分は無言で立ち去られる運命なのかもしれない、とギンセンは自嘲した。その自嘲のなかには、自分のやり方が正しかったかどうか、疑う気持ちも混ざっていた。考えこみながら、彼女はハッチを閉めた。

やりすぎでなかったらいいのだが……

*

ほんとうの試練が訪れたのは、一一四三年十月十五日のことだった。

瓦礫の墓場の宙域で、半年間をすごしてきた。ギンセン・カルトゥにはそれが楽しい六カ月だったとはいえなかった。

もっとも大事な深い眠りにあるとき、彼女は警報で起こされた。船内時間の二時ごろだった。まだ半分、眠った頭でベッドから飛び起き、服を着た。居室の前の通廊は数秒間、混乱状態だったが、すぐに各自がめざす場所へとわかれていった。彼女自身も中央の反重力シャフトで司令室に向かった。

「なにがあった?」彼女はたずねた。

ウレーデ・パルネレが指揮をまかされているようだ。エンロ・チャルタルもウーメ・ビラボングも、姿が見えない。プールか観測室にいるのだろうか。どこにいてもおかしくはない。ピダー・ダウードもいない。ギンセンは思い出した。この探知部門の主任技師は、司令室で指揮にあたっていたはず。そのかれがなぜ、いないのだろう?

「ギンセン!」ウレーデ・パルネレが、ほっとしたように叫んだ。「あなたがきてくれてよかった! 六、七分前にわたし、シフトに入ろうとしたんです。ピダーが当直中でした。すると、とても奇妙で恐ろしいことが起きて……真っ赤な、巨大な頭蓋骨が《モノセロス》の前にあらわれて、船に食いつこうとして……そんな目で見ないでください、ギンセン! ほんとうなんです! わたしが警報を鳴らしたんです。同時にピダーが発砲すると、頭蓋骨は消えたんです」

「それでどうしたの？」ギンセンはたまらず叫んだ。「話が支離滅裂よ、きちんと説明しなさい、ウレーデ！　せめて、いまからは！」

一方的な非難の言葉に彼女はショックを受けた。青白い顔をしてギンセンを見つめる。

「そのあと、ピダーはスペース＝ジェットの十三号に、緊急出動の準備をさせたんです。シントロニクスから、あの頭蓋骨はプロジェクションで、ある特定の《バジス》のパーツから発していると聞いて。かれらは三分前に飛びたちました」

「いまごろになって、わたしにいうなんて！　シントロニクス！　十三号につないで！」

「たったいま、連絡が途絶えました。でも、十三号は無事です。ちょうど接舷したところです」

＊

「まず、防御バリアを作動」ギンセン・カルトゥは命じた。「これで、われわれが瓦礫の墓場の外側でいくら探知されようが問題はない。われわれの位置は？」

「ポイント・ゼロの近傍です」シントロニクスが答える。

「よし。全周スクリーンの前方に見えるのが、例の《バジス》のパーツ？　ふぞろいなかたちをした金属の塊りで、四百メートル近い長さがある」

「それです。そこではなにも探知されません。十三号とその乗員以外には」

ギンセンは考えをめぐらせる。

「ウレーデ、ピダーはあそこでなにをしようとしている？　なぜ、かれは勝手に飛んだ？」

ウレーデは目を伏せた。

「おもな理由は、ふたつあると思います。ひとつは、かれが例の幽霊現象と軌道変更を信じようとしなかったこと。それで、自分の目でたしかめようと飛びたった」

「つづけて！」ギンセンはうながした。「もうどうせ、かれをかばうのは無理よ」

「たしかに。じつは、かれの息が酒臭かったんです。かれは酒を飲んでいました。そこにまだボトルがあります」彼女は二リットルのプラスティックボトルを持ちあげ、ギンセンに見せた。「半分からです。かれは相当、気が大きくなっているはず」

ギンセンは悪態をつきかけたが、乗員の前で不穏当な発言をすることはひかえた。

そのとき、受信機からぱちぱちという音がした。

「聞こえるか、《モノセロス》？」

この声は明らかにピダー・ダウードだ。大きすぎる声が響きわたり、シントロニクスが音量を調節する。ギンセンはかれが、ヘルメット無線の送信強度を最大にしていることとがわかった。なぜ、かれはセランを着用しているのだろう？　すでにかれらはパーツに移動しているのか？　そうにちがいない。あるいは、なにかべつのことが起きたのか。

「《モノセロス》、聞こえるか？」

かれの声には、混乱と絶望が入りまじっているようだった。

「答えて！」彼女は命じる。

「答えているんです」ピダーの無線に応答中の女性がいった。「でも、かれには聞こえていないようです。信号はとどいているはずですが」

おかしい……ギンセンには事情がさっぱりわからなかった。この話はどこかおかしい。それは明らかすぎるほど明らかなのに、なにがおかしいのか、彼女にはわからなかった。この状況がつづくなら、彼女は介入せざるをえない。結果は未知数だが……

「《モノセロス》、応答せよ！　ひとまず、これを最後にする。もう、長くは持ちこたえられそうにない。きみたちがどこにいるか知らないが、助けてくれ！　冗談でいっているんじゃない。聞こえているか？　ちゃんと聞こえているか？」つづいて悪態が聞こえ、連絡が途絶えた。ピダーがみずから送信機を遮断したのだ。

ギンセンは数分間、待ってみた。そのあいだにべつの無線連絡が入った。発信者はロン・ハルトウィック、サニー・リン、さらに十三号に搭乗するある技師だったが、いずれも通信は成立しなかった。まるで、受信機のスイッチを入れ忘れたかのようだった。

ありえない？ いや、そんなことはない、とギンセンは思った。ここ、瓦礫の墓場ではすでに、そもそも起きてはならないことが、いくつも起きていたから。

「ギンセン？」

ぎくっとして声の主を見ると、ウレーデ・パルネレだった。

「どうした？」

「ピダーは助けをもとめているんです、なんとかしないと！ それにほかの乗員も……早急に対応が必要じゃないでしょうか」

ギンセンは彼女の口調に驚きをおぼえた。どこまでも内気だったウレーデ・パルネレが、突如として本気で彼女に迫ってきたからだ。

「あなたのいうとおりよ」彼女は認めた。「なにか策を講じないと。捜索隊を派遣しましょう。シントロニクス、必要な人員は二十九名。セランを着用するようにして。わたしがみずから指揮をとるわ。志願者を集めて」

十分後に捜索隊が結成された。

ギンセンはスーツを着用しながら、司令スタンドのモニターを見つめていた。

「あらたな展開です」シントロニクスが伝えてきた。同時に、全周スクリーンの画像が切り替わった。《バジス》のパーツが中央にあるが、近傍に船の残骸も見える。「パーツの左横を、カルタン人のトリマランの残骸がゆっくり移動しています。この宙域はこれまでに三回、計測していますが、この付近でトリマランが目撃されたことはありません」

「たいした展開じゃないわ」と、ギンセン・カルトゥ。「同じような不可解な動きは何度もあったはずよ」

「ですが、トリマランがそこにいるはずがないのです。この船は全長が三百五十メートル近くあり、船首の形状が特徴的です。わたしの記憶装置には、瓦礫の墓場のどこにも、そのような船の航跡データはありません。なので、この船はつい最近、潜伏をはじめたばかりのようです」

「だからなんなの！」ウレーデ・パルネレが急《せ》かす。「ピダーたちにとっては一刻を争う事態なのよ！　そんな残骸になにができるっていうの？」

「あなたは甘く見すぎよ」ギンセンはしずかにいった。「わからないの？　この船が瓦礫の墓場にきたばかりなら、ハンガイ銀河方向から近づいてきたはず……なのに、われわれは気づかなかった。この船は残骸なんかじゃない。戦闘可能よ」

《モノセロス》は全長が二百メートルしかない。トリマランのほうがかなり長いものの、細長いため、容積はよりちいさい。だが、そのことはかならずしも性能の判断基準にはならない。ネコ族の連中が、従来の情報に反し、宇宙船の技術を向上させている可能性もある……七百年という月日は、多くの発展にとって充分な時間だ。

ギンセンは、このトリマランの性能を推測するのは不可能だと判断した。グレイの金属製の外殻には膨《ふく》れが目立ち、三つにわかれた船尾から、熱で溶けたような支柱やなんらかの機器の残骸が突き出ている。

「みんな、いい仕事をしてくれたわ」彼女はつぶやいた。「計測飛行をしていなかったら、疑いもせず、罠におちいるところだった」

その声はちいさかったが、ウレーデ・パルネレが聞きとった。

「どういう意味です？」そうたずねた彼女の声には、ややヒステリックな響きがあった。

「つまり、破滅に追いこまれずにすんだ、ということよ。いま、トリマランからの距離は三十キロメートル。バリアがなかったら、中型のインパルス砲でも充分に《モノセロス》を破壊できたわ」

「むろん、そのとおりです」ウーメ・ビラボングが狡猾《こうかつ》そうな目つきで口をはさんだ。

「だが、そうしたら《モノセロス》は爆発してしまう……」

「なにがいいたい？」ギンセンがいらだったようすで問い返す。彼女はこの小男がなにを考えているのかわからなかったが、懸念を感じていた。かれがまた、まわりくどいやり方で、彼女の権威を失墜させようとしているのではないか、と。だが、次にかれが述べた言葉は、その懸念を払拭した……彼女はほっとした。

「あの軌道変更のことですが、わたしはトリマランのせいだと考えます。この船なのか、べつの船かはわからない。ほかに数隻、この瓦礫の墓場にひそんでいるかもしれません。だが、軌道変更によってこれまで、なんらかの損害があったでしょうか？　いや、逆だ。考えれば考えるほど、逆の推論にたどりつく。そこにいるのがだれであれ、そいつは《バジス》に損害をあたえるどころか、損害から守ろうとしている、と。理由は訊かないでください。とにかく、そう思えるんです」

ギンセンは数秒、考えていた。

「シントロニクス？」彼女はたずねた。

コンピュータは中立的な口調で答えた。

「ウーメの推論は確率が八十パーセント以上です。トリマランはここ、ポイント・ゼロ付近で、公然と砲撃をしかけたりはしないでしょう」

「そもそも、べつの船の乗員が敵対的な意図を持っていると、だれがいってます？」エンロ・チャルタルはたずねた。

「ピダーの助けをもとめる呼びかけよ」彼女は答えた。「本意ではないけれど、八十パーセントの確率にかけてみるわ。《モノセロス》のバリアは作動したままにして、《バジス》のパーツから十キロメートルの位置まで近づくことにする。でも、トリマランの正面にならないように。偶然に見せかけたいから。われわれがかれらに気づいていると、知られたくないので」

「人員は三十名で変更ありませんか？」ウーメ・ビラボングがたずねた。

「そのままで。十分後にこの船を出て、あのパーツに向かう。そうしたら、助けを呼ぶ声の事情がわかるでしょう」

「危険な作戦になりそうだ」ウーメがいった。「ギンセン、たのみがあるのですが……」

「どんな？」

「わたしを連れていってください」

ギンセンは考えた。この半年間のかれの言動が頭をよぎる……だが、かれは先ほど貴重な情報をくれた。対立の時は終わったのだ。ようやく、両者のあいだにふたたび連帯が生まれた。

「いいわよ、ウーメ」と、ギンセン。「いっしょにきて」

*

ギンセンはセランの防御バリアを作動させた。

「いくわよ！」彼女はヘルメット・テレカムごしに叫んだ。

三十一の輝く泡が、《モノセロス》とのコンタクトを失い、《バジス》のパーツに向かって浮遊した。自由空間を通過するこの十キロメートルが、最初のもっとも危険な道のりだということを、彼女は認識していた。張り詰めた神経が、ギンセンをくりかえし、もてあそぶ。一度、彼女ははるか遠くに、だれかがビーム兵器を発射したかのような光源を見た。まさか、と彼女は思った。ありえない。真空中ではもうビームは見えるはずもなかった。せいぜい命中したと感じるくらいだろう。

近距離を残骸のようなものがひとつ、通り過ぎていく。それはカルタン人のトリマランを思わせる形状だったが、あの船ではなかった。ヘルメットの探知装置は、トリマランがその位置を一センチメートルも変えていないことをしめしていた。

「探知しました、ギンセン！」

その声はエンロ・チャルタルだった。かれはいま、《モノセロス》で指揮をとっている。

「なにを？　兵器？」

「ちがいます、ギンセン。兵器はありません。以前に計測した背景エネルギー源のひとつが、はげしく膨張しただけなんですが、六倍近くになったんです。このことから、あのパーツのどこかで、なにかが起きていると断言できます」

「ありがとう、エンロ。また連絡する」

もしいま、なにかが起きているとしたら、そしてエンロたちがすでに以前、同じものを探知していることを考えると、十三号が到着したときにも同じことが起きていたかもしれない。とくに、六倍という数値がギンセンには引っかかった。彼女の一行はこのスペース＝ジェットの乗員の六倍に近かったから。

彼女は《バジス》のパーツの下端にある突出部が十三号だと見抜いていた。スペース＝ジェットはここに置き去りにされているように見えたが、ギンセンはその事態を予測していた。もし六名の乗員たちがまだ艇内にいたら……彼女がこの指揮をとる必要はなくなっていただろう。

《バジス》のパーツの壁が、数メートル先に迫る。

ギンセンは衝撃をほとんど感じなかった。彼女は《モノセロス》の方向に向きなおった。スーツの自動装置が彼女のバランスをたもっている。ギンセン指揮下の乗員たちがつぎつぎと到着。ウーメ・ビラボングと軍事訓練を受けた数人は、身に着けたシンボルで名前を視認できる。だが、そのほかの者は、彼女は当面、匿名で呼びかけるしかなかった。内部に入れば、ヘルメットを開けられるかもしれない。

「だれか入口が見える？」彼女はヘルメット・テレカムごしにたずねた。

「見えます！」聞きおぼえのない声がいった。「ここです、接舷部隊の端です！」

ギンセンが背伸びをして見ると、四十メートルはなれた場所で腕を高くあげる者がいた。その動きが、瓦礫の墓場の薄暗がりのなかで、かろうじて見えた。

「あそこに集合よ。まだヘルメットを開けないように」

数秒後、彼女はウーメ・ビラボングと協議した。

「どう入るのが最善だと思う？」

「探知を入念にしたほうがいい。なにも起きなければ、ハッチを開けましょう。兵器は配備されていないと《モノセロス》が確認しているので。なにかべつのものは、あるかもしれないが……」

「それも同じくらい危険かもしれないわね」ギンセンは不審そうにロック機構を見つめた。「でも、選択の余地はない。五分間、なにもせずに待とう」

むだ口を発する者はいない。ギンセンはうしろを振り返った。《モノセロス》の球状の影はもう見えないが、たしかにそこにいるはずだ。とはいえ彼女は、厚い壁と強力な防御バリアを失った、この防護服につつまれた自分を、弱い存在だと感じていた。なにより、ここには高性能のシントロニクスがない。その小型モデルがスーツのなかにあるだけだ。あらゆる機能を制御するこのピココンピュータが、緊急時に多少の助けにはなるはずだが。

「五分が経過しました」

ギンセンはロックを解除し、奥にある暗い空間内に入った。すでにここに危険がひそんでいるのだろうか？　彼女のスーツの投光器が不規則な光をはなち、まずは細部、次に壁の大部分を暗闇から照らしだす。

「通廊ね」彼女はいった。「たんなる暗い通廊よ。なにもないから、みんな入ってきていいわよ」

数秒間で三十名の要員が、いっせいに通廊に流れこんだ。そこは倉庫の一角のようだった。複数のハッチの向こうに、壁面に可動棚をそなえる小部屋があり、さらにその奥へと通廊がつづいている。だが、ギンセンはこの主通廊にとどまりたいと思った。ここがもっとも安全だと感じられたから。

「その奥にあるのはなんですか？」軍事訓練を受けた女性のひとりがたずねた。ギンセンは彼女の名前が思い出せない。「あの赤い光は？」

ギンセンはからだをこわばらせ、通廊をじっと見つめた。いよいよきた、と彼女は直観的に感じた。彼女の周囲にぼんやりと透き通った風景があらわれた。地平線に険しい岩山がそびえたち、その山すそは彼女のすぐそばまで達している。ギンセンには仲間の姿がもう見えなくなっていた。ほんとうに見えないのだろうか？　いや、仲間はそこにいる。風景のリアルさとは対照的な、かすかな人影として。

赤い光のなかから、角の生えた生物があらわれた。

十本以上の腕が、原始的なかたちをした武器を振りまわす。どうやら手斧のようだ。その顎から、何本にもわかれた舌が、先を争うように伸びだした。

ギンセンは、この生物が自分に狙いを定めているのがわかった。ぜいぜいという息づかいまで聞こえてくる。セランを着用しているのに。セランを？　なにかがおかしい。彼女は武器を引き抜き、発射した。生物はばらばらになったが、すぐにまた至近距離にあらわれた。それは猛スピードで移動し、ギンセンが二度めの発射をする前に、透明な人影のひとつの前に立った。いま、撃ってはいけない、ぜったいに……

彼女は必死に影響を排除した。悪夢のような生物は姿を消し、彼女の前の人影は、そのかたちを保持することができた。

「撃つな！」彼女は叫んだ。「われわれは暗示プロジェクターの攻撃を受けている！撃つな、聞こえるか？　わたしの声がまだ聞こえるか？」

ギンセンは、つぶやくような返事をいくつか耳にした。

彼女はシンボルのおかげで、目の前のセラン着用者がだれだかわかった。ウーメ・ビラボングだった。かれはスローモーションのように武器をかまえると、彼女に向けた。

「やめろ、ウーメ！」ギンセンはかれに飛びつき、肩を揺さぶった。投光器の光でかれの目を眩惑する。光がヘルメットのバイザーを通過し、かれの険しい顔に当たると、ようやく徐々に、かれの視線が定まった。

「正気にもどった、ウーメ？」

「はい……いまは。でも、あぶなかった。あの幻影は無視しないといけませんね。現実に踏みとどまらないと……ほかの者をどうやって助けます？」

「あなたにしたようにするのよ。揺さぶって大声でどなり、眩惑させる。それも、できるだけ早く」

大急ぎで彼女はいちばん近くにいた女性をつかみ、現実に連れもどした。ウーメもすこしはなれた場所で同じことをする。正気を回復した者も、この救助活動に参加した。一分以内に仲間の半数が出動可能な状態にもどり、のこりは数秒しかかからなかった。ギンセンには幻影がまだ見えたが、明晰な頭脳をたもった。

その直後、本格的な攻撃がはじまった。

何体もの人影が通廊の突き当たりにあらわれた。こんどはほんとうの生物だった。大きさはだいたい百七十から百八十センチメートル。防護服を着用した姿は、人間のように見えた。つまり、完全にヒューマノイドだ……いまのところ、外観からはそれ以上のことはわからない。

かれらはどうも、目の前にいる集団は、無力な夢遊状態の人びとだと思っているようだ。かれらはセランの通信周波がわかっていないか、まだコードを解読できていない。どっちみち、だれもなにも会話はしていなかったが。全員が集中して待機していたから。

「接近戦用意」ギンセンはいった。

三十一名が各自、同時に防御バリアを発生させた。未知者たちは根が生えたように立ちつくした。最初、かれらは見つめるだけだった。すると、号令があったかのように散り散りにわかれ、通廊に沿って床に伏せると、ハンドブラスターを撃ちはじめた。

ギンセンのピココンピュータによれば、バリアの負荷は六十パーセント程度。まだ危険は迫っていない。

「周波数を検知して」彼女は命じた。「未知者と話がしたい」

その間も防護服を着た人影たちは撃ちつづけた。人数はおそらく、捜索隊の人員と同じくらい。通廊のもっと奥には、荷台のある車両が置いてあった。ギンセンは、かれらは自分たちを生かしたまま、連れ去るつもりだと推測した。

「通信周波を設定しました」彼女のピココンピュータが伝えた。

「よし。いまから送信する！……聞こえるか？　攻撃をやめろ。やめなければ防戦する！　われわれの防御バリアは強固だ！」

この要請を彼女はインターコスモ、ハンゴル語、ハウリ語、カルタン語でくりかえした。

とうとう、反応があった。

砲撃が徐々におさまった。

人影のひとつが前に歩みでて、要求した。

「ただちに降伏しろ」その言葉は聞きなれないアクセントのインターコスモだった。

「さもないと、最初の艇でやってきた、きみたちの仲間の命はない。かれらはいま、われわれの支配下にある」

「考える時間がほしい」

「きみたちの時間で二分やろう」

　ギンセンはウーメ・ビラボングにくるよう、合図した。

「聞こえた？」彼女はたずねた。同時にギンセンは、透明な幻影のやまない襲撃を、懸命にしのいでいた。

「もちろん。どうします？」

「わからない。この未知者の計画はもう、はっきりしている。まず、かれらはピダー、ロンら十三号の乗員たちを人質として利用して、われわれを手中におさめる。そうすれば、三十七名がかれらの支配下に入る。そうしてかれらはエンロ・チャルタルに《モノセロス》の降伏を強いるのよ」

　そのとき突然、暗示インパルスが消えた。なぜだ？　ギンセンにはわからなかった。だが彼女は、通廊にじゃま者がだれもいなくなったことに気づいた。

「ギンセン！」

　彼女はその声の主がすぐにわかった。ピダー・ダウードだ！

「ピダー！　どうした？　みんな無事なの？」

「時間がないんです、ギンセン。われわれは拘束から逃れ、ある部屋にこもっている。

カルタン人たちは、いまは、われわれに手出しできません。しばらくは持ちそうですが」

「カルタン人？」

「もちろん。かれらはカラポン人と自称していますが。切りますよ、用心しないといけないんで」

ギンセンは、この探知部門の主任技師と連絡をとろうと何度も試みたが、うまくいかなかった。だがセランが、この《バジス》のパーツの中央で、はげしいエネルギー爆発があったことを伝えてきた。そこで戦闘が起きている。ギンセンは、ピダーと十三号の乗員たちは助けが必要な状況にあると悟った。

前に進みでていた防護服の人影も、同じ瞬間、事態を把握したと見える。うしろにさがると、仲間のなかに姿を消した。

「カラポン人たち！」ギンセンは未知者の周波数で叫んだ。「よく聞いて！　わたしが〝あなたたちに〟降伏を要求する！」

＊

数秒後、ふたたび攻撃がはじまった。天井、壁、床の一部が崩壊し、破片が空間を舞う。そのあいだにカルタン人が合流し、さらに数が増えた。十名以上が同時に撃とうとしたら、射界が制限されるにもかかわらず。それでもバリア・フィールドの負荷は高まった。まだ上限に達するには十五パーセントほど余裕があったが、危険な数値だとギンセンは思った。なにか手を打たなければ。

「みんな、よく聞いて！　二手にわかれよう！　十五名は天井から抜けだす。ウーメに指揮をたのむわ。のこりの十五名はわたしとともに床から出る。目的地は中央のエリアよ。ピダーたちはきびしい状況にある。先に到着した者が、かれらを助け出す。わかった？」

訊きかえす者はいなかった。ギンセンは自分の部隊とともに、床の裂け目をひろげて通り抜けられるようにした。カルタン人だか、カラポン人だか知らないが、かれらは発砲をつづけている。ギンセン側の四名が撃ちかえす。敵側のひとりが突然、倒れた……かれのバリアが同時にふたりの武器の攻撃を受け、崩壊したのだ。

ギンセンは愕然として、焼け焦《こ》げたからだを見つめた。

だれかが彼女の腕をつかみ、裂け目からすばやくひきずりおろした。そこは倉庫だった。ハッチがふたつあり、通り抜ければ通廊か、貨物用シャフトに出ることができる。

「ギンセン？　聞こえますか？」

その声はエンロ・チャルタルだった。

「はっきり聞こえるわ、エンロ！　《モノセロス》でなにかあった？」

「たいへんです！　トリマランが突然、動きだしました！　われわれを攻撃してくる！　バリアを展開、でも……」

ギンセンは〝でも〟の意味するところを、つかみかねていた。すくなくとも、カルタン人はトランスフォーム砲や、それに類する兵器は持っていない。いや、ほんとうにそうか？　七百年は長い年月だ。それに、ウーメ・ビラボングの〝ほかのだれかも《バジス》のパーツを損害から守ろうとしている〟という美しい説も、いきなりくずれてしまった。

彼女は無言で片隅にしゃがみ、手首の探知スクリーンを注視した。無重力状態にもかかわらず、セランが定位置をたもっている。これまでは、通常エネルギーの解放ですんでいた。いま、《モノセロス》にもどってエンロとかわることができたら……そう、彼女は思ったが、もう遅い。首席技師のエンロを信頼するしかない。トリマランはハウリ船の残骸を対消滅《ついしょうめつ》し、活動の余地をひろげた。その砲撃がはげしさを増す。

「ギンセン！　こちらはまたエンロです！　いま、われわれは威嚇されている。かれらは自分の仲間にかまわず、あなたたちがいるパーツを砲撃するつもりです」かれの声がかん高くなった。かれのうしろでベルが鳴り響くような音が聞こえる。「もう、しかたがない。かれらを追いはらいます」

ギンセンはもう一度、呼びかけたが、エンロ・チャルタルは返事をしなかった。彼女は応答をあきらめ、探知スクリーンを凝視した。トリマランが突然、速度をあげて《モノセロス》に突進。すると、粉々に飛び散った。すくなくとも、そう見えた。爆発したのかもしれないし、《モノセロス》のインパルス砲が、カラポン人のバリアを突破したのかもしれない。搭載艇が数隻、瓦礫の探知リフレックスから飛びだしてきた。

すこしでも多くのカラポン人が生きのこってくれるといいが、と彼女は思った。死者はもう充分だから。

*

「探知！　倉庫の壁の向こうだ！」ギンセンのチームのだれかが叫んだ。

ギンセンは驚いて振り向いた。そのとき、金属面の一部が白く燃えあがりながら、崩落するのが見えた。つづいて倉庫内に、カラポン人が流れこんでくる。数秒のあいだに、敵の数は四十名を超えた……全員がギャラクティカーの防御バリアをねらって、いっせいに撃ちはじめる。二十メートル先で爆発が起きた。ギンセンはセランの記憶バンクを調べる。死者は、彼女の部隊のひとりだった。すくなくとも五名のカラポン人に同時に撃たれたことで、バリアが過負荷になったのだ……

あっというまの出来ごとだった。だれもが同じ危険にさらされている。

「撃ちかえせ！」ギンセンは命じた。この命令が復讐心によるものか、パニックによるものか、彼女自身もわからなかった。だが、いまは、そんなことはどうでもいい。「たがいにはなれるな、壁の穴から追い出せ！」

このパーツにぜんぶで何名の敵がとどまっているのか、彼女にはわからなかった。百名かもしれないし、二百名かもしれない。いずれにせよ、かれらの士気は高く、自殺行為を思わせる戦いぶりだった。かれらにとって、この《バジス》のパーツを防御することは、どれほど重要なのだろうか？　そして〝なぜ〟、それほど重要なのか？　こんな場所に追いこまれたくはなかった、とギンセンは思った。

さらに二名のカラポン人が、穴から奥の空間に出ようとしたとき、命を落とした。かれらのもろいバリアは、セランの武器システムに耐えられなかったのだ。いつ撃てば致命傷になり、いつ撃てば敵を追いはらうだけですむのか、だれにも予測がつかなかった。

「カラポン人の指導者に告ぐ！」ギンセンは敵の周波数で叫んだ。彼女のバリアが二発の銃撃を受け、閃光をはなったが、ギンセンは平然と通信をつづけた。「交渉を提案する！　この戦いを終わりにするんだ！　あなたたちの船は破壊された。戦ってもむだだ。交渉中は停戦を約束する！」

ギンセンは二分間待ち、呼びかけをくりかえした。返答はなかった。

「みんな」ギンセンは自分の部隊員のほうを向いた。「作戦を進める。これからは敵に追いこまれないよう、できるだけ立ちどまらずに進もう。これ以上、死者を出したくないから。ピダーと十三号の乗員がいるところまで、たどりつく。あとのことは、そのとき決定する。いいわね？」

返事はなかった。壁の穴からまた、カラポン人たちが押し入ってきたからだ。かまわず、彼女の部隊は動きだす。その数秒後にようやく、ギンセンはかれらの捨て身の攻撃の目的を悟った。隣接する通廊にカラポン人が待ち伏せていたのだ。何名いるのかわからない。かれらはマイクロ爆弾を投げつけ、ビーム銃を発射してきた。ふたりのセランシステムが破壊され、ギャラクティカー側の犠牲者が三名に増えた。

ギンセンらは一丸となって敵に反撃した。

これが最後の攻撃だった。このパーツの中央へ向かう道にはもう、じゃま者はいなかった。

「ウーメ？　わたしの声が聞こえる？」

「はっきり聞こえます、ギンセン」

「あなたのチームに犠牲者は出た？」

副長はすこしのあいだ沈黙する。

「われわれの側にはいません」ようやく、かれは答えた。「われわれのセランのバリアのほうが堅牢でした。でも、カルタン人側は六名が亡くなりました。われわれの責任ではありませんが。こちらにも数名、負傷者が出ています」

ほんとうに責任はなかったのか？　彼女は考えつづけた。自分たちは退却することもできた。半面、退却したら、ピダーと十三号の乗員たちは死んでいただろう。対立する思考……答えは出そうにない。すこし時間を置けば、どこに誤りがあったのか、わかるだろう。いずれにせよ、ギンセンには自分の経験からわかったことがあった。それは、なぜ年配者の多くが紛争を避けるのかということ。その背景には、恐ろしい経験があったはず。彼女もそれを経験したばかりだった。

それに彼女にはいま、責任から逃げだす場所もなかった。いまの彼女と、彼女を受けとめてくれたであろう安定した暮らしとのあいだには、七百年もの隔たりがあった。

「ギンセン？　聞こえますか？」

ウーメ・ビラボングの声だ。

「聞こえるわ」彼女はふさいだ声で答えた。「どうした？」

「たぶん、ピダーたちを見つけました……いました、六名全員です。いや、ちがう。六人めはかつがれていて、そのセランは片側が完全に破壊されています。あれほどの損傷で生存は考えられません。生きているのは五名だけで……」

ウーメのよどみない言葉がとぎれた。かれの沈黙がはっきりとしめしていた。遺体の主を、かれは知っているのだ。ギンセンにはそれがわかった。

5　カラポン人たち

「ロン・ハルトウィック、スタートできる態勢か？」

通信スクリーンの顔は、ピダー・ダウードだとわかった。かれは憤《いきどお》ると同時に、混乱しているように見えた。司令室のかれの背後には、うろたえた乗員たちがたむろしている。ロンは状況を理解した。アレーナ・アン・ツァアスが外の出来ごとを、十三号のスクリーンにうつしだしたからだ。かれは、この瞬間に決定をくだす必要がなくてよかったと思った。

「もちろんだ」かれはいった。「勤務スケジュールでは……」

「それはどうでもいい！」探知部門の主任技師はさえぎった。「いま、わたしはまだ、《モノセロス》の指揮をとっている。百秒後にスタートする準備をしてくれ。すぐに乗りこむので」

ピダー・ダウードが接続を切った。

ロンは困って、コクピットのだれかが助けてくれないかと見まわした。どうしたらいいんだろう？　サニー・リンは冷たくそっぽを向き、アレーナはかれをうながすように見るだけだった。かれは彼女の視線が好きではなかった。かれの思考の流れは彼女にはお見通しなのだ……それが不快だった。だが、彼女はいつでもかれの理解者だった。アレーナはかれの長所も短所も知っていた。

サニー・リンが乗員にくわわってから、つまり半年ほど前から、かれはアレーナとほとんど会話をしていない。そんなぴりぴりした空気にロンが耐えていたのは、かれがあまりに頑固だったからにすぎない。かれはたしかに、あの赤毛の物理学者を搭乗させた。かれが彼女に対して感じていたものは、最初は恋だったかもしれない。自分ではそう思っていた。だが、いま、かれのなかにあるのは、彼女の美しさに対する賞讃だけだった。自分にチャンスがないことを、かれは受け入れていた。

「もう、きたわ」アレーナが気づいた。

ロンは彼女を横から眺めた。つんつんにとがらせた漆黒の短い髪、スリムなからだ、青い目……なぜ、かれはまだ、サニー・リンへの失恋を惜しんでいるのだろうか？　ロンは考えた。それはおそらく、かれがいま、虻蜂《あぶはち》とらずになってしまったからだろう。サニーはかれを相手にしないし、アレーナはかれを蔑視していることを、なにかとかれに思い知らせるのだった。

「ロン！　ロン・ハルトウィック！　スタートできるか？」

ピダー・ダウードがロンのうしろに立っていた。かれはピダーが反重力リフトからおりたことに気づかなかった。いつもは父親のようなふるまいのピダーだが、いまのかれは憤慨した声だった。もっとも、ロンが動じることはなかった。かれはもっと険悪なことに慣れていたから。

「もちろん」ロンはいった。「スタート許可が出た。三秒後……スタート。飛行中」

「やっと時がきたんだ」と、ピダー・ダウード。「できるだけ急がないと。あの軌道変更の謎は、これまで手がかりがつかめなかった。だが、やっとつかんだぞ。あの向こうにプロジェクターがあるんだ。ぜったいに機器が見つかるはず……それを操作するやつも！」

ロンは不審の目でかれを見た。ピダーが酒に酔っているように見えたのだ。だが、ロンはそれが判断できるほど、かれをよく知らなかった。それに、かれはピダーの動機に賛同した。急がずにはいられなかった。

数秒で、半分の距離が過ぎた。

《バジス》のパーツまであと三キロメートルのところで、十三号は速度を落とした。壁の直前で停止する。パーツの長さは四百二十メートルほど。かれらのスペース＝ジェットが、やけにちいさく見える。

この巨大な金属片のなかで、ピダー・ダウードはどうやって、あるかもしれないプロジェクターを探すつもりだろう？　この条件では性急に行動するよりも、系統的なアプローチが必要となりそうだが。

「セラン着用」

ピダー・ダウードは艇内通話システムを通じて、ラボにこもっていたサニー・リンともうひとりの科学者にも、同じ指示を出した。

ロンは抗議しようとした。だが、なにかがかれのじゃまをした。突然、みずから十三号を去りたい思いにもかられた。かれにも理解できない、暗い衝動だった。だが、かれはスーツをロッカーの固定装置からはずし、そのなかにすべりこんだ。なぜ、あんなことを思ったんだろう？　それが自分の望むことなのか？　すくなくとも数秒前にはまだ、かれはピダー・ダウードの行動を十三号から支援しようと決意していた。いまになって、その逆の思いになるなんて。

かれは逆らうことなく、ピダー・ダウードにつづいてエアロックに向かった。下にはすでにサニー・リンともうひとりの科学者が立っていた。アレーナと、べつの乗員ひとりも合流した。

「まず、入口を探そう。このパーツは《バジス》の内部で、なんらかの機能をはたしていたはず。通廊とハッチがいくつかあるだろう」ピダーは十三号のハッチをスライドさせ、艇をはなれた。「さあ！　ついてこい！」

ロンは、なにかがおかしいと感じていた。ピダーのあとにつづき、まだためらっているようすのアレーナとサニーに合図を送る。数秒後、ピダーは入口とそのロック機構を指さした。ほかの五名とともに、ロンもなかに入った。完全な暗闇が、すくなくとも輪郭はわかる程度の、薄暗がりに変わった。

全員がスーツの投光器のスイッチを入れた。

そのとき、ロンは突然、なにがおかしいのか気づいた……すくなくとも一瞬は。かれは十三号をけっしてはなれてはいけなかったのだ。さいわい、十三号は自立した艇だが、いま、だれがこの艇を見張っているかわからない。おかしい。こんな誤った判断をするなんて。

そう気づいたのは一瞬だけだった。

かれの目の前で、長い通廊が視界から消えた。

かわりに惑星の風景があらわれた。地平線のすぐ上には黄色い恒星。〝なにかがおかしい〟とかれは考えるが、かれの思考の流れは、よどんだ泥沼と化した。

*

ロンの前には細い道があった。道は深い谷に沿ってまっすぐ延び、百メートルほど先で折れている。左手にはわずかに植物におおわれた丘がそびえ、右手にはシャフトがある。その底は見えない。

アレーナはどこだ？　ピダー・ダウード、サニー・リンはどこにいる？　かれの目の前で、おとなほどの大きさの幻影が悠然と踊っているが、その動きに気をとられてはいられない。前に進まなければ。かれは足がひとりでに動くように感じた。ひとりでに？　そう、かれはなにもしていないのに。まるで未知の影響が、かれの身体反応の指令系統を奪いとったかのようだった。数秒後、かれはその考えを振りはらった。孤独はくだらないことを考えさせる。

ようやく道が折れた。

ほんの一瞬、丘陵の風景が薄れ、かれの前の幻影が、ピダー・ダウードのひろい背中に変わった。ふたりは通廊をはなれ、ひろびろとした、なにもないホールに入った。

次の瞬間、道の曲がり角の奥に高原が見えた。そして赤い色のなかから、悪夢のような生物があらわれたのだ。その頭蓋骨には髪がなく、角が生えていた。歯がないように見える上下の顎のあいだには、無数のミミズのような舌が突き出し、踊っている。その生物は声にならないうなりをあげ、大きく顎を開いた。ロンはその生物の怒りを、耳で聞くよりも強く感じとっていた。

かれは自分の周囲でまた、幻影が動いているのに気づいた。現実とは思えなかった。網膜がやられてしまったのかもしれない。すると、かれにもっとも近い幻影の腰のあたりから、まぶしいビームが放射された。ロンは叫び声をあげ、両手で目を押さえた。目を……いや、ヘルメット・バイザーを？

そうだ、まだセランを着ていたのだ！　なぜ、すぐに思いつかなかったんだろう？

「アレーナ！　サニー！　ピダー！　聞こえるか？」さらに、送信強度を最大にして叫んだ。「《モノセロス》、聞こえるか？」むだだった。この船がどこにいるかは知りようもないが、黄色い恒星を持つこの星系以外にいることはたしかだった。

悪夢のような生物が、高原から出てきた。

ロンはいまはじめて、そのたくましい脚と、十数本の触手のような腕を見た。手には投擲弾《とうてきだん》と手斧が握られていた。生物はかれをじっと見つめている。殺される……ロンは突然、そう感じた。

「サニー、アレーナ！　《モノセロス》！　助けてくれ！　わたしの声が聞こえないか？」

かれの意識の一部が、返事がきているらしいこと、かれらが自分に呼びかけようとしていることを感じとった。声はするが、よく聞きとれない。かれはそれを、すぐに意識から排除した。あとにのこったのは、ささやくような音……そして幻影だけだった。

ロンはふたたび眩惑され、この丘陵の惑星から引きはなされたように感じた。

すると、あの生物が攻撃をはじめたのだ。

ロンはブラスターを引き抜き、撃った。その閃光で、かれは意識を失いそうになったが、なにかのおかげで持ちこたえられた。ふたたび目を開けると、高原の上方にあらたな生物が、最初のときと同じようにあらわれ、またロンを攻撃しようとしている。かれは二度め、三度めと撃った。いずれも結果は同じだった。四度めに、はじめてかれはほかの方法を選択することとした。悪夢のような生物が消えるやいなや、高原を広角ビームで攻撃するのだ。

ロンは武器をもっとも広角なビームに切り替え、目をかたく閉じて撃った。それでも、とてつもない光の強さに、かれは倒れそうになった。目を開けたとき、かれの視線は本能的に、幻影のひとつに向けられた。なぜだかかれは、自分が知覚するこの非現実的な光景を無視したいという衝動を、これまでになく強く感じた。

だが、それはできなかった。

光が弱まり、赤い光がちらちらと輝くばかりとなった。そのぞっとするような色がナイフのように、かれの精神をおおっていた幕を切り裂いた。ロンは自分を、とんがり屋根の上で呼び声に目ざめた夢遊病者のように感じた。目眩《めまい》がして、胃から吐き気がこみあげてくる。

ホールの奥の壁は廃墟と化していた。かれのビーム兵器がのこしたいくつもの弾痕が、まだ燃えているのか、かすかな光をはなっていた。数メートル先で、セランを着た四つの人影がうろうろしている。ところが、五つめの人影は床に横たわり、微動だにしない。そのスーツは半分が破壊されている。ロンはひどい不安に襲われ、見るにたえないと思った……もうすこしでかれは、丘陵の風景と化け物にまた、もどってほしいと願いそうだった。

ここは《モノセロス》のかれの安全なキャビンではなく、未知の領域だ。注意をはらいつつ、ほかの者たちを助けなければ……やむなく、かれは手を伸ばし、倒れているからだを仰向けにした。投光器の光が、半分溶けたヘルメット・バイザーの奥を照らしだす。かれに見えたもの、それはかつて赤く美しかった、すこし焦げた髪と、表情のない硬直した顔だった。

サニー・リンだった。かれはサニー・リンを殺してしまったのだ。

＊

背後から触れられて、かれは振り向いた。

見慣れぬ防護服を着た二名のヒューマノイドが、かれの前に立ちはだかり、ビーム兵器で威嚇する。ロンは自分の武器を下に落とした。一名がすこし考えるようすを見せた。すると、ロンの通信装置をつかみ、接続を切った。どうしてそれができたんだろう？

かれは考えたが、その思考の流れはよどみ、わずかなものしか運ぼうとしない。もしかすると、自分たちはいまはじめて、すくなくとも半年前から瓦礫の墓場の宙域で活動する、未知者と対峙《たいじ》しているのかもしれない。そのあいだに、かれらは人類やギャラクティカーの技術のあつかい方を学んだのではないか。《バジス》のパーツには、教材がふんだんにある。

べつの十五名ほどの未知者が、アレーナ、ピダー、そのほかの乗員に武器を向ける。かれらの身ぶりから、捕虜たちになにを要求しているのかが、はっきりわかった。だが、ロンは武器による脅しを無視し、サニーの身動きしないからだを持ちあげ、背負った。そのまま、連行する未知者のあとを、ひたすら歩いた。

かれらは何度も方向を変え、とうとう《バジス》のパーツの翼廊にたどりついた。そこには空気があった。未知者たちがヘルメットを跳ねあげる。カルタン人だった。その人間のようなからだつきを見ただけでも、ロンにはわかったはずだ。すこし想像力を働かせると、かれらの頭は、テラのネコ科の肉食獣を思い出させる。額から首のつけ根にかけて、毛に白っぽい縞《しま》が入っていた。

そのなかの一名がロンのセランに近づき、また考えるようすを見せた。すると、ロンのヘルメットを跳ねあげた。首もとで本体が自動的に折りたたまれ、細い輪になった。かれの生きのこった仲間にも同じことをしたが、サニー・リンには手を触れなかった…

…ロンはほっとした。触れていたら、かれは自分をおさえられなかっただろう。かれの頭のなかではもう、大半のことがどうでもよくなっていた。サニーの死で頭がいっぱいだったから。それ以外のことを考える余地は、もうなかった。

「わたしのいうことがわかるか？」

その声はインターコスモを話す。耳慣れないアクセントだったが、問題なく理解できた。

「大丈夫だ」ピダー・ダウードが答えた。「きみたちはカルタン人だな」

かれは意気消沈した口調だったが、ロンは気力をふるいたたせた。いまは、だれに責任があるのか、追及している場合ではなかったから。

殺風景な部屋に、三十台近くの簡易ベッド、椅子のようなものが数脚と、二台のシントロニクスが分散して置いてあった。その二台のうち、ちいさいほうは暗示発生装置に接続されていた。つまり、これが夢の風景を発生させていたのだ。のこる疑問は、かれらの動機だけだった。部屋のすみには、武器や宇宙服をはじめとする、さまざまな装備が置いてあった。

最初に口を開いた異人が、隣接するホールに入るよう命じた。このホールからは、大きな隣室がよく観察できる。ホールにはまったくものがない。出口がひとつあるだけだ。

「勘ちがいだ、テラナー」かれは独特のうなるような声でいった。きびしい口調だった。

「われわれはもはやカルタン人ではない。カラポン人だ」

ロンは心のなかで考えた。どこに違いがあるんだろう？　嵐の惑星ブガクリスで出会ったＩＱハンターたちは、みずからをサショイ人と呼んでいた。つまり、かつてのカルタン人国家はほんとうに、いくつもの独立帝国に分裂していたのだ。ただし、カラポン人の技術水準はサショイ人よりも明らかに高かった。

「壁ぎわに立て。背中をわたしに向けろ」

ロンたちは指示にしたがった。ただし、ロンはまず、サニーのだらりと伸びたからだを、足もとに置く必要があったが。皆殺しにするつもりだろうか？　いや、違う、とかれは考えた。もしそうだとしたら、カラポン人ならもっとかんたんにできたはずだ。

「腕をうしろに伸ばせ。てのひらを合わせろ……そうだ、それでいい」

ロンはうしろから手首にバンドが巻きつけられ、きつく引きしめられるのを感じた。この状態ではほとんど動けない。カラポン人のこうしたあつかいから、かれは推測した。かれらは捕虜をさほど長くこの場所にとどめておくつもりはなさそうだ。さもなければ、かれらはセランを奪っていたはず。

「きみたちは話をしても、動いてもかまわない」カラポン人はいった。「見張りを二名、きみたちにつける。すべてがうまくいったら、あとでまた話をしよう」

〝すべてがうまくいったら〟……そうならなければいいが、とロンは願った。

だれもが銃を失った。もちろん、セランは着ており、ピココンピュータに呼びかけることもできた。だが、いっせいには無理だ……最初の防御バリアが燃えあがったら、見張りが撃ってくるかもしれなかった。ただ、ロンはヘルメットの表示が直接、視野に入ることに気づいた。そこには、手首の探知機が検知した情報の主要部分もふくまれていた。

*

いまのところ、ほとんどなにも起きていないようだ。付近にある数台のユニットが、弱い散乱放射を発するだけだった。

ピダー・ダウードは二名の見張りから、それとなく情報を聞きだそうとする。ロンはその成果があるとは思わなかったが、いい意味で期待を裏切られた。五分後にはもう、自分たちがなぜ、この場所に閉じこめられているのかがわかったから。《モノセロス》がカラポン人のひそかな活動を妨害することが増えたため、この船を厄介払いすることに決めたようだ。かれらの技術手段はほかのカルタン人の水準をはるかに上まわっていたものの、《モノセロス》には太刀打《たちう》ちできない。

そこで、十三号の生きのこり五名を人質にしたのだ。

ギンセン・カルトゥはむずかしい選択を迫られるだろう、とロンには察せられた。かれは自分が暗示プロジェクターの影響下で助けを呼んだことを思い出した。同じ状況でほかの仲間がどうしたか、かれにはわからない。だがきっと、助けをもとめる複数の声と、混乱した説明が《モノセロス》にとどいているはずだ。あのとき遠くに聞こえた、暗示の影響下で意識から排除した声は、その応答だった……かれは救助隊の到着を信じつづけていた。

まさにその準備を、カラポン人たちも隣室で進めているようだった。多数が防護服を着用し、空気が満たされた翼廊をあとにした。人質を増やすつもりだろうか？　だが、その理由がわからない……数十名のカラポン人では、人質の助けを借りても、《モノセロス》を制圧するのは無理だ。もっとも、かれらがなんらかの方法で、ここまでたどりついたことはまちがいない。装備の充分な船が背後にあれば、状況の見え方は変わってくる。

「きみたちはこの瓦礫の墓場でなにがしたいんだ？」ピダー・ダウードはたずねた。「ここに、きみたちが興味を持つようなものがあるのか？　きみたちは掠奪者か？」

この言葉に見張りがはげしく反応したことに、ロンは驚いた。ふたりはいきりたった。自尊心を傷つけられたようだ。ロンとアレーナは意味ありげな視線をかわす……いまの状況を、ふたりは同じように評価していたのだ。つまり、先行き不明で、まだなにが起きてもおかしくない状況だ、と。

「われわれを掠奪者だというのか？」左側のカラポン人が、憤慨して叫んだ。「カラポン皇帝の兵士は掠奪などしない！　われわれの狙いはべつのところにある。きみたちはどうやら、われわれが恐れていたよりも、ものを知らないようだな」

「わかった、掠奪者じゃないんだな。信じるよ」ピダー・ダウードは、カラポン人の感情をふたたび害することのないよう、必死に言葉を選ぶ。「では、なにが目的なんだ？」

「わかりきったことだろう？」これまで黙っていた、第二のカラポン人がたずねた。

「《バジス》を組み立てるんだよ」

ロンは驚いてカラポン人たちを見つめ、つづいてアレーナ・アン・ツァアスの顔を見た。

「あなたたちには無理よ」彼女は断言した。「技術がたりないわ」

「黙れ！」最初のカラポン人がまた、いきりたった。「たしかにこれまではうまくいっていない。だが、われわれの知の泉はまだ、涸《か》れてはいないぞ！」

＊

首もとにたたまれたヘルメットの小型スクリーンが、付近でエネルギー性の放電があったことをしめした。ロンは、両手が自由だったら、と思った。くわしい計測は不可能だったが、どうやら、かれの期待どおりになったようだ。《モノセロス》の救援部隊が、この《バジス》のパーツに乗りこんだのだ。かれらはカラポン人と戦闘中で、暗示発生装置が投入されたのかもしれない。かれらが暗示の影響に打ち勝つことができても、ここにまだ人質がいる……

ギンセン・カルトゥがみずから、部隊をひきいているにちがいない。彼女の敵は、百五十名のカラポン人だ。ロンはピダー・ダウードと見張りの会話に、この数が出てきたのを思い出していた。だから、かなり正確な数だ。

かれにはなにもできなかった。

手枷《かせ》のせいで、かれは無力だった。この状態では通信装置にすら手がとどかない。ロでピコンピュータに命ずるなど、もってのほかだ。見張りはむだに武器をかまえて立っているわけではない。だが、かれらの注意は明らかに低下していた。最低限の注意力しかない。介入する方法が見つかっていれば……ロンは考えた。

手枷は単純なスチールバンドだ……

見張りとの距離はせいぜい三メートル。しかも、ふたりは外から見えない死角に立っている。隣接する部屋はどっちみち大騒ぎになっており、五名の捕虜に充分な注意をはらう余裕はなかった。

ロンはサニー・リンの身動きしないからだを見つめ、またつらい気持ちに襲われた。

彼女は死んでしまった。かれが撃ったのだ。だが、その責任は、このカラポン人たちにある。かれの心の目に、赤毛で深い褐色の目を持つ、魅惑的な顔の彼女が、スペース＝ジェットを歩く姿がよみがえる。彼女はまったくかれに注目しようとせず、かれはそれを受け入れていた。サニーがこんな目に遭ういわれはない。だれかが報いを受けるとしたら、それはピダー・ダウードか、かれ自身だ。ピダーはこの飛行をたくらんだ張本人で、ロンはそれを阻止しなかった。

　スチールバンドか……

　ロンはためしにバンドを揺さぶってみた。探知スクリーンが、エネルギー性の放電の強度が増したことをしめしている。《モノセロス》の部隊がいま、撃ちかえしたようだ。

　ロンはさらにバンドを揺さぶった。全力でバンドをひろげようとしたが、むだだった。そのためには機械的な手段が必要で、人力だけでは不充分だ。その手段をどこから手に入れようか？　探しても意味がないことが、ロンにはわかった。だが、同時にひらめいた。それを探す必要はないのだ。セランというかたちで、手段を手にしているではないか。このスーツの複雑な運動機構があれば、手足を動かすことができる。セランは着用者の力を大幅に増幅させるから。

　ロンは全力で腕をまっすぐに伸ばし、肩の筋肉を硬直させた。変化なし。それとも？

かれは無我夢中で拘束力にあらがっていた。セランがかれの力を増幅させる。ロンは表情をまったく変えなかった。すくなくとも、かれはそう願った。見張りはすでに不審に思っているだろうか？　いや、なぜその必要がある？　スチールの拘束具を手でちぎるなど、できるわけがない。ふつうの状況なら、ロンもこの説を疑いもしないだろう。だが、かれはいま、その不可能を可能にしようと奮闘していた。

　拘束具がゆるんだ。

　動く余地がすこしできたので、こんどはてこの作用を利用する。ロンは数センチメートル、アレーナ・アン・ツァアスのほうを向いた。彼女は自分がしていることに気づいてくれただろうか？　大丈夫だ。彼女の顔に、わかったという表情が浮かんだ。彼女もかれと同じことを試みる。

　ロンは覚悟を決めた。二名のカラポン人をひとりで、しかも丸腰で攻撃することになる。それ自体、ありえないことだった……しかも人間ではなく、カルタン人を相手にだ。もちろん、相手は攻撃されるとは思っておらず、それが唯一、かれに有利な点だった。かれらの注意は、その本来の任務よりも、隣室の混乱状況に向いていた。

　大きな断裂音をたて、拘束具がちぎれた。

　ロンはすかさず突進。カラポン人のひとりを倒し、もうひとりを蹴りつけた。その蹴りが空《くう》を切り、かわりにロンは、すねに強烈な一撃を受けた。それはスーツのクッション材を通しても、感じられるほどだった。そのとき、鋭い閃光が見えた。ロンは右腕の感覚がなくなったことに気づいた。左手で、見張りのひとりが倒れたときに落としたブラスターをつかみ、本能的に閃光がきた方向を撃った。

かれが目を開くと、アレーナがかれの上にかがみこんでいた。その手には、もうひとりの見張りのブラスターが握られている。見張りは両方とも床に倒れていた。ひとりは意識がなく、もうひとりは胸にやけどを負っている。ピダー・ダウードと十三号のふたりの乗員が、同時に拘束を解いた。すぐにヘルメットをもどし、防御バリアを作動させる。

ロンにはもう、なにが起きているのか理解できなかった。突然、全身に痛みがはしったが、その理由がかれにはわからない。かれはまだ、武器を手にしていた。だらりとさがったもう一方の腕は、やけどを負っている。その痛みだったのか……かれは撃たれており、意識を失って倒れることを、セランの医療ボックスがなんとか防いでいた。ロンはブラスターをピダー・ダウードに投げてわたす。

そのあいだに、アレーナはハッチ付近に飛びうつった。

隣室は大騒ぎの最中だったが、それでも敵は、なにが起きたか気づいていた。ブラスターが発射され、ロンたちの背後の壁に命中。あちらこちらに弾痕をつくった。ロンは無事な手で防御バリアを作動。敵に目を向けようとしたとたん、目の前のすべてがぼやけた。

隣室で爆発が起きたのだ。カラポン人は大混乱におちいった。ロンにはわかった。アレーナの一撃が、暗示プロジェクターに命中したのだ。数秒後にもう一台のシントロニクスも、閃光のなかに消えた。

そのあとのことを、ロンはもう知らない。かれの記憶にあるのは、閃光と暗闇がしばらく交互につづいたことと、持ちあげられ、どこかに連れていかれたことだけだ。くわしいことは思い出せない。思い出せる最後の記憶は、アレーナの顔だった。薄暗がりのなか、彼女は声もなく泣いていた。その涙が頬を伝うより早く、セランが涙を蒸発させる。

ロンは彼女をなぐさめたいと思った。なんとかして彼女のところへいって、無事な腕を彼女の肩にまわし、はげましの言葉をかけてあげたかった。

だが、もう遅かった。

ロンは意識を失った。

6　その後の日々

ピダー・ダウードは病室で新情報を耳にする。一一四三年十月二十日のことだった。

「やあ、ウレーデ」かれはいった。「ありがとう。見舞いにきてくれて」

「もう聞いた？」彼女は興奮したようすでたずねた。めったにない、いかにも興味深そうな顔つきだ。「《シマロン》と《リブラ》が到着するのよ、ついに！　ここでの孤独な日々はもう終わり」

ピダーはよろこんでいいのかわからなかった。

「遅すぎるよ。もっと早くきてくれないと。だが、ともかくくるんだな。きみのいうとおり、朗報だ」

「あまりうれしそうじゃないわね、ピダー」彼女の探るような目は、かれの心の底まで見透かすようだった。「あのことが忘れられない。そうでしょう？」

「あたりまえだよ、ウレーデ。ぜったいに忘れられないさ」

《モノセロス》は五名を失った。負傷者は十四名。その一部は重傷だ。かれとロン・ハルトウィックはさほど深刻なけがではなかったため、回復は早そうだ。ほかの者は数カ月かかるだろう……かれらの命が助かり、後遺障害も負わずにすみそうなのは、ひとえにこの船の高度な医療のおかげだった。

カラポン人の死傷者はもっと多かった。その結末は、すべてのセランの記録と、かれ自身が耳にした言葉から明らかになる。《バジス》のパーツに滞在していた異人の数は、百五十名。死者は十三名、そのほかは逃げだし、瓦礫の墓場のどこかに消えた。

さらに、トリマランの救命ボートで逃げた者もいる。これまでのところ、かれらのかくれ場を見つける手がかりはない。だが、ピダーはまだ、かれらの出現を予期していた。カラポン人たちの再襲来を、だれもが覚悟しておく必要がある、と。

カラポン＝カルタン人の一団が、ハンガイ銀河から一万光年もはなれた宙域で、《バジス》の組み立てを試みた動機はなんだったのだろう？　かれにはわからなかったし、だれにもわからない。ひとつ、たしかなのは、このパーツはかれらテラナーにとって、今後も充分な火種になりうるということだ。このような宇宙船をそうかんたんに、十万のパーツから再建できるものではないから。

ペリー・ローダンはそれを試みるつもりだ。だが、うまくいくだろうか？

「ピダー！　こっちを全然見ないじゃない。なにをふさぎこんでいるの？」

「べつに」かれは力なく答えた。

「わたしにはいえないのね。自分の立場のことを心配しているの？　かれらはきっと、あなたがしたことをくわしく調査する。もしかすると、あなたを船内裁判所に召喚するかも。でも、あなたの行為は是認されるわ。だれにでも起こりえたことよ」

「だが、それはわたしに起きたことなんだ」かれは苦々しそうにいった。「ほかのだれかに起きたことじゃない」

ウレーデ・パルネレはしばらく黙りこんだ。やがて、しょうがないわね、という顔をしてたずねた。

「たのみがあったら、聞いてあげてもいいわよ、ピダー？　なにか必要なものはある？」

彼女がそのような好意的でない顔をする理由を、ピダーもわかっていた。だが、かれはウレーデに酒をたのむ気などない。そんな日々はもう終わった。これからは、酒なしでやっていくつもりだった。

「ああ、あったよ」かれは答えた。「知ってのとおり、わたしはイスラム教徒だ。コーランがないとね」

あとがきにかえて

宮下潤子

脱衣所に裸の女性がいる。そこに男性が入ってきた……もし日本だったら、どうするだろう。しかも、その男女が同僚だったら。

これはじつは本書の一場面だ。本書をこの拙文から読む方もいらっしゃるかと思うので詳述は控えるが、登場人物は男女ともに、少々驚きの反応をしめす。すくなくとも筆者はこの場面を読んで、彼我の裸に対する感覚の違いがあらわれていると感じた。そしてすぐに思い浮かべたのは、多くの外国人が驚く、ドイツのある〝文化〟だ。

それはサウナである。ご存知の方も多いかもしれないが、ドイツではサウナは男女混浴、しかも着衣〝禁止〟の施設が一般的……らしい（わたしは残念ながら行ったことがない）。そうした施設の多くは、脱衣所から男女共用なのだそう。なので、冒頭のような場面は普通に起こり得る。もちろん人と場合によるだろうが、すくなくともそのような場では、人前で裸になることにあまり抵抗のない方が、ドイツには多いようなのだ。

　このサウナ事情、筆者はまだドイツ語初心者だったころに、はじめて耳にした。大阪の語学学校に通っていたときのこと。ドイツ留学から帰ったばかりの同じクラスの女子学生が、くだんのサウナを満喫してきたという。話を聞いて耳を疑ったが、ネットなどない時代。半信半疑のまま、なかにはそういう施設もあるのだろう、くらいに思っていた。ドイツには、全裸で過ごしていい公園やビーチの一角があると、たしかなにかで読んだことがあった。

　その誤解がくつがえされたのは数カ月後。「家族でよく行きましたよ」と、帰国子女の楚々とした女性がいうではないか。どうやら〝裸で混浴〟は、ドイツのサウナでは普通らしいとわかり、あらためて驚いた。裸の男女がいっしょにいて、くつろげるのかと聞くと、まったく問題ない、〝そういう雰囲気〟ではないとの返事だった。

　ただ、と彼女。たまに旅行者らしき日本人の男子学生が数人で来ていることがあって、じろじろ見られていやな気分になったとか。じろじろの真偽は別として、同じ日本人だと、なんとなく気恥ずかしい感じはするかもしれない。どこか知人の前で裸になっているような……わたしなら、日本人はともかく、会社の同僚など知り合いの異性には、できれば全裸ではお会いしたくない。

　以上は一九九〇年代の初めに聞いた話だ。ちなみに本書の二話も、原著の刊行は一九八〇年代の終わり。では、いまはどうなんだろうと思い、すこし調べてみた。

三十年以上もたつと、やはり文明は進化するものだと実感する。昔は海外の生の情報といえば、おもに知人の口コミや雑誌から入手したものだった。いまや〝ドイツ サウナ 裸〟とドイツ語で入力すれば、たちまち現地の情報が手にはいる。

三十年以上もたつが、やはりドイツではいまも基本、サウナは全裸で男女混浴のようだ。ただし、女性専用のスペースや曜日、水着着用の日を設けている施設もある。

サウナの〝ドレスコード〟は国によってさまざま。ドイツ、オーストリアのほか、ベルギーやオランダは裸で混浴が一般的なようだ。その一方、男女別でも水着の着用やタオルを巻くことが求められる国も。そういえば、日本の男女でわかれた大浴場でも、全裸の入浴を敬遠する外国人旅行者はけっこういらっしゃる。

ドイツの場合、着衣禁止のサウナはタオルの持ちこみが必須。からだが直接いすや床に触れないように、腰や足もとにはタオルを敷く。それをさりげなく腰回りに巻く人はいるようだ。ただ、厳しい施設では、タオルをからだに巻きつけていたら追い出されたという体験談もあるので、やはり郷に入っては郷に従ったほうがよさそうだ。

ドイツのサウナ関係者によれば、着衣を禁じるのは、それが衛生上、よろしくないからだそう。たとえば、サウナの前にシャワーを浴びるが、その際に水着等を着用していると、雑菌が着衣に残ってしまう。また、水着などに使用される素材は高温に対応していないため、熱で有害物質を拡散させるおそれがある。さらに、着衣に汗がたまり、それがからだに密着していると、雑菌が繁殖しやすくなるという。

健康効果という面でも、脱衣は推奨されている。裸のほうが当然ながら、熱気や冷気にからだ全体をくまなくさらすことができる。汗がよく流れ、熱がよりよく放散されるので、医学的にも好ましいそう。

ちなみに全裸混浴であるがゆえ、ドイツのサウナ道でタブーとされるのが〝じろじろ〟と〝いちゃいちゃ〟。そのほか、他者の目を引くような行為、たとえば、大声でのおしゃべりや、あまりにモラルに欠けるポーズは控えるように、とあった。

サウナにかぎらず、着衣がないことは単純に気持ちがいい……そんな感覚が、ドイツ人の多くにあるのだろうと、知人やメディアを通じてよく感じる。近年、屋内外のプールで女性が上半身裸になることを、ドイツの自治体が次々と認めはじめた。〝すべての胸は法の下に平等〟……つまり、女性にとってもトップレスは気持ちがいいものだから、男性だけに許されるのはおかしい、という主張が認められたのである。

それにしても地球には、男女が裸でサウナを楽しむ国もあれば、肌を極力出さない文化もある。人間とはほんとうに多様ないきものだと、異星の生命体がどこかから、不思議そうに観察しているかもしれない。

訳者略歴　立教大学社会学部・静岡大学人文学部卒，翻訳者　訳書『氷結惑星イッサム＝ユ』グリーゼ＆シドウ（早川書房刊）他多数

HM=Hayakawa Mystery
SF=Science Fiction
JA=Japanese Author
NV=Novel
NF=Nonfiction
FT=Fantasy

宇宙英雄ローダン・シリーズ〈714〉

アルドゥスタアルへの旅《たび》

〈SF2447〉

二〇二四年六月　十　日　印刷
二〇二四年六月十五日　発行

著　者　マリアンネ・シドウ　ロベルト・フェルトホフ
訳　者　宮《みや》下《した》潤《じゅん》子《こ》
発行者　早川　浩
発行所　株式会社　早川書房
郵便番号　一〇一‐〇〇四六
東京都千代田区神田多町二ノ二
電話　〇三‐三二五二‐三一一一
振替　〇〇一六〇‐三‐四七七九九
https://www.hayakawa-online.co.jp

（定価はカバーに表示してあります）

乱丁・落丁本は小社制作部宛お送り下さい。送料小社負担にてお取りかえいたします。

印刷・信毎書籍印刷株式会社　製本・株式会社明光社
Printed and bound in Japan
ISBN978-4-15-012447-2 C0197